Christian Jacq

Die Braut des Nil

Christian
Jacq
Die Braut des Nil

Aus dem Französischen
von Tobias Scheffel

Gerstenberg Verlag

Christian Jacq, geb. 1947 bei Paris, wurde für seine Forschungsarbeiten über das Alte Ägypten mit zahlreichen Preisen der Académie française ausgezeichnet. Er gründete das Institut Ramsès, das sich dem Erhalt gefährdeter antiker Baudenkmäler in Ägypten widmet. Darüber hinaus verfasst er Romane und Sachbücher über das Alte Ägypten.

Bibliografische Information Der Deutschen Bibliothek
Die Deutsche Bibliothek verzeichnet diese Publikation in der Deutschen Nationalbibliografie; detaillierte bibliografische Daten sind im Internet über *http://dnb.ddb.de* abrufbar.

Die Originalausgabe erschien erstmals 2003 unter dem Titel
»La fiancée du Nil« bei Editions Magnard, Paris

Umschlag von Mirko Rathke
Satz: Fotosatz Ressemann, Hochstadt
Druck und Bindung: Ebner & Spiegel, Ulm
Printed in Germany

www.gerstenberg-verlag.de

ISBN 3-8067-5083-1

05 06 07 08 09 5 4 3 2 1

Prolog

Im Jahre 1250 vor Christus herrschte Pharao Ramses II. über ein blühendes Ägypten und regierte mit unangefochtener Autorität. Die Grenzen im Norden waren ebenso gut bewacht wie die im Süden. Kein fremdes Volk hatte eine Armee, die mächtig genug gewesen wäre, um das Land der ewigen Sonne zu erobern und sich seiner Reichtümer zu bemächtigen.

Im ganzen Land herrschte Ordnung und Sicherheit. In den großen, von zahlreichen blühenden Gärten gezierten Städten wetteiferten elegante Frauen bei Festen und Banketten darum, welche die Schönste sei. Die Straßen waren sicher. Eine Frau konnte sich ganz nach Belieben auf die Straße begeben, ohne einen Überfall fürchten zu müssen. Es gab keine Armen, die um Brot und Wasser hätten betteln müssen. Die Reichen boten ihr Schiff all denen, die keines besaßen, um den Nil zu überqueren und von einem Ufer zum anderen zu gelangen.

In der südlichen Hauptstadt, dem hunderttorigen Theben, entfalteten der Bauleiter des Pharao und die besten Handwerker große Aktivitäten. Der König hatte den Befehl erteilt, Karnak, den Tempel der Tempel, noch prächtiger zu gestalten. Schon jetzt erhob sich der größte Säulensaal des Landes mit steinernen Papyrusstauden in den Himmel und vereinte ihn mit der Erde.

Dank der machtvollen Gebete der Priester ging täglich die Sonne über dem Gebirge am Horizont auf und verbreitete ihre Wohltaten. Das Glück schien zum Greifen nah.

Und doch drang an jenem Tag heftiges Stimmengewirr aus einem Bauernhaus und störte die ländliche Ruhe eines Dorfes, das etwa zehn Kilometer von Theben entfernt lag.

Der Gott des Schicksals hatte es so gewollt.

I

Dies ist mein Haus«, erklärte ein etwa vierzigjähriger, breitschultriger Mann mit lauter Stimme. »Auf Befehl des Pharao.« Die beeindruckende Gestalt hieß Setek. An seiner Seite trug er ein Bronzeschwert. Seine Brust war in einen Lederharnisch gehüllt. Er wirkte fast so furchterregend wie ein Nachtdämon.

»Das ist unmöglich«, entgegnete Geru. »Dieses Haus ist unser Haus. Meine Frau Nedjemet kann es bei ihrem Leben schwören.«

Geru, was so viel heißt wie »der Schweigsame«, und Nedjemet, »die Sanfte«, waren seit vielen Jahren verheiratet. Sie hatten einen einzigen Sohn, der jetzt fünfzehn war und sich zur Hoffnung ihres Alters entwickelte. Durch harte Arbeit hatten sie ein Feld, einen Obstgarten sowie mehrere kleine Gärten am Nilufer erworben.

Bis zu diesem Tage hatten sie glücklich gelebt.

»Es geht nicht nur um das Haus«, fuhr der Soldat fort. »Es geht auch um all euren Grund.«

»Unseren Grund ... Wir sind es, die ihn fruchtbar gemacht haben. Er gehört uns!«, protestierte Geru.

»Jetzt gehört er mir«, verkündete Setek kalt. »Auf Befehl des Pharao, wie ich euch bereits sagte.«

Der Soldat sah sich um. Das Haus gefiel ihm. Drinnen wie draußen weiße Wände, ein großer, mit Matten und Zedernholzkisten ausgestatteter Raum im Erdgeschoss, eine Treppe, die in den ersten Stock führte, wo sich Schlafzimmer und ein Waschraum befanden, eine mit blühenden Pflanzen und Weinstöcken berankte Terrasse ... Man hatte ihn nicht belogen. Dieses Haus war tatsächlich das prächtigste des ganzen Dorfes. Er hätte sich kein besseres Geschick erträumen können.

»Wo ist dieser Befehl?«, fragte Nedjemet zitternd. »Ich will ihn sehen. Dieses Haus ist mein Haus.«

»Geht ins Bürgermeisteramt und erkundigt euch. Es hat alles seine Richtigkeit.«

Die breiten Lippen des Soldaten verzogen sich zu einem grausamen Grinsen.

»Das werden wir tun«, erklärte Geru. »Wir werden Euch beweisen, dass Ihr Euch irrt!«

Setek lachte.

»Setek täuscht sich nie, so wahr Seth, der Gott des Gewitters, mein Beschützer ist! Zum Glück für mich! Ich habe gegen die Hethiter gekämpft und viele von ihnen getötet. Als ich meinem General die abgetrennten Hände dieses Gesindels gebracht habe, wusste er, dass ich ein tapferer Mann bin. Und dafür hat er mich ausgezeichnet. Zwanzig Mal bin ich aufgebrochen und nach Asien in den Krieg gezogen. Ich habe unter Kälte, Hitze, Hunger und Durst gelitten, meine Füße haben geblutet, ich wurde viermal verletzt, ein Pfeil hat meinen Arm durchschossen, hundertmal habe ich geglaubt, sterben zu müssen ... Aber ich bin lebend zurückgekommen. Die Hethiter haben in den Friedensvertrag mit Ramses dem Großen einwilligen müssen. Der Krieg ist beendet. Und heute ist es an mir, das Leben zu genießen!«

Geru nahm seine Frau in die Arme.

Sie hatten Angst.

Der Soldat scherzte nicht. Jeder wusste, dass Ramses der Große den tapferen Kriegern, die an seiner Seite gekämpft hatten, einen glücklichen Ruhestand zusicherte. Er schenkte ihnen Gold und Ländereien. Aber noch niemand hatte gehört, dass er rechtschaffenen Bauern den Besitz wegnahm.

»Gebt mir etwas zu essen, bevor ich mein Land in Besitz nehme«, forderte Setek. »Die Sonne steht hoch am Himmel. Ich habe Hunger.«

Geru löste sich von seiner Frau und ballte die Fäuste. Sie hielt ihn zurück.

»Wir schulden ihm Gastfreundschaft«, sagte sie. »Das ist eine Pflicht, die uns die Götter auferlegt haben. Danach sehen wir weiter.«

Sie ließ die beiden Männer zurück, die sich schweigend

anstarrten, und eilte in die ans Haus angebaute Küche, um dort Gerstenpfannkuchen zuzubereiten und ein Bohnenpüree mit Knoblauch warm zu machen. Ein Strohdach schützte sie vor der brennenden Sonne. Der Rauch wehte nach draußen und drang nicht ins Haus.

»Wie das duftet!«, rief Setek. »Mir knurrt schon der Magen. Im Krieg muss man sich mit wenig zufrieden geben ... Altbackenes Brot, brackiges Wasser. Ihr Bauern beklagt euch ständig, dabei versteht ihr es zu leben! Bestimmt hast du auch kühles Bier ...«

Geru hielt seine Wut zurück. Niemand sollte ihn je beschuldigen können, einen Gast schlecht empfangen zu haben. Die Nahrung gehörte nicht den Menschen, sondern den Göttern. Jedem, den man in sein Haus aufnahm, musste man mit Respekt begegnen und für sein Wohlergehen sorgen. Natürlich war Setek mit Gewalt in sein Haus eingedrungen, aber Geru würde Gewalt nicht mit Gewalt beantworten. Er würde diesen Schurken unter Respektierung des Gesetzes zwingen, sich wieder davonzumachen.

Geru ging in den Keller hinunter, wo sich dank der Kühle, die aus der Erde aufstieg, Bier und Wein frisch hielten. Er verstand sich darauf, ein wohlschmeckendes und bekömmliches süßes Bier zu brauen. Die aufeinander gestapelten großen Tonkrüge versprachen angenehme Zeiten unter der Laube, wenn die Hitze jegliche Tätigkeit unmöglich machen würde. Geru nahm einen der Krüge und goss eine bernsteinfarbene Flüssigkeit in eine irdene Schale.

Als er aus dem Keller zurückkam, um dem Gast das Getränk anzubieten, sah er, wie ihm seine Frau gerade einen mit Bohnenpüree gefüllten heißen Pfannkuchen reichte.

Der Soldat schlang ihn gierig herunter. Er riss Geru die Schale aus den Händen und leerte sie in einem Zug.

»Ich bin noch nicht satt und habe noch Durst! Noch einen Pfannkuchen und noch eine Schale! Beeilt euch … Es gibt nichts Schrecklicheres, als warten zu müssen.«

Geru stellte sich vor seine Frau.

»Wir haben unsere Pflicht getan. Die Götter mögen es bezeugen. Geht jetzt!«

Der Soldat begann erneut zu lachen.

Mit katzenartiger Geschwindigkeit stürzte er sich auf Geru, stieß ihn um und packte Nedjemet an den Handgelenken.

»Frau, du wirst jetzt gehorchen, und zwar schnell!«

Plötzlich bekam er jedoch keine Luft mehr. Zwei kräftige Hände packten ihn am Hals und schnürten ihm die Luft ab. Er musste Nedjemet loslassen. In seiner Brust brannte es wie Feuer. Vergeblich versuchte er, sich zu wehren.

2

Ich bin Kamose«, erklärte der junge Mann. »Ich breche dir alle Knochen, wenn du nicht sofort unser Haus verlässt!«

Wutentbrannt und mit zusammengepressten Lippen erhob sich Setek langsam, bereit, erneut anzugreifen.

Nedjemet stürzte sich auf ihren Sohn und schloss ihn in die Arme.

»Er ist unser Gast, Kamose! Du hast nicht das Recht, ihn zu schlagen.«

»Und er, hat er etwa das Recht dazu? Warum benimmt er sich wie ein Barbar?«

»Ich bin hier zu Hause, junger Widder«, erklärte Setek. »Und du tust gut daran, nicht noch einmal die Hand gegen einen Veteran von Ramses' Armee zu erheben. Diesmal will ich noch nachsichtig sein ... Doch wenn du noch einmal damit anfängst, wirst du in die Oasen verbannt.«

Kamose erblasste. Die Drohungen des Soldaten waren nicht aus der Luft gegriffen. Der Pharao schätzte die Männer, mit deren Hilfe er den Sieg über den hethitischen Feind davongetragen hatte, ein Sieg der Ägypten einen tiefen und dauerhaften Frieden garantierte. Ramses gewährte ihnen zahlreiche materielle Vorteile und duldete es nicht, wenn man ihre Rechte anzweifelte.

Der junge Mann richtete seinen Vater auf, der halb tot am Boden lag. Er blutete aus einer Wunde im Nacken.

»Morgen ziehe ich hier ein«, verkündete Setek. »Macht euch bereit. Ich will keinen Grund zur Klage mehr haben.«

Als der Soldat ihr Haus verließ, begann Nedjemet zu schluchzen.

Nedjemet behandelte ihren Mann mit Salben, die der Arzt zubereitet hatte, der regelmäßig ins Dorf kam, um die Bewohner kostenlos zu behandeln. Die Verletzung schien nicht schlimm zu sein, aber Geru war zutiefst schockiert. Mühsam trank er das frische Wasser, das seine Frau ihm reichte.

»Es ist schrecklich«, sagte sie zu ihrem Sohn, »er ist nicht in der Lage aufzustehen ... Und wir haben nur ein paar Stunden, um den Bürgermeister aufzusuchen. Dann vertreibt uns dieses Ungeheuer aus unserem Haus.«

Kamose küsste seine Mutter zärtlich auf die Wange.

»Mach dir keine Sorgen. Ich kümmere mich um alles.«

»Was kannst du denn tun, mein Kind? Dieser Held aus dem Hethiterkrieg darf machen, was er will.«

»Der Bürgermeister wird mich anhören.«

»Ich habe Angst, Kamose. So große Angst ...«

»Gebt nicht so einfach auf, Mutter. Ihr habt viele Jahre lang gearbeitet, um euer Land zu erwerben. Der Pharao hat es euch gegeben, er kann es euch nicht einfach so wieder nehmen. Das wäre ungerecht.«

»Der Pharao ist der Sohn des Lichts, Kamose. Er ist Gott auf Erden. Was er beschließt, das ist gerecht.«

»Der Bürgermeister wird uns helfen«, wiederholte der junge Mann. »Er wird unsere Sache vor dem Provinzrichter verteidigen. Wir werden siegen, da bin ich mir sicher. Wir werden in unserem Haus bleiben.«

In den schmalen, aus gestampftem Lehm bestehenden Gassen des Dorfes spielten Kinder, die sich Bälle aus Stofffetzen zuwarfen. Ein paar von ihnen riefen Kamose etwas zu, der aber ganz gegen seine Gewohnheit nicht antwortete.

Eine durchziehende Ziegenherde hielt ihn auf. Schließlich gelangte er zum Haus des Bürgermeisters, einem großen Gebäude, in dem sich eine Großbäckerei, eine Fleischerei und eine Werkstatt befanden. Auf diese Weise kontrollierte der Bürgermeister die wichtigsten Aktivitäten des Dorfes. Er herrschte mit eiserner Hand. Jeder fürchtete ihn, aber niemand hatte ihm etwas vorzuwerfen. Er gewährleistete den Wohlstand der ihm unterstellten Bevölkerung, und nie hatte einer der Dorfbewohner Hunger oder Durst leiden müssen. Der Bürgermeister war vom Provinzfürsten ernannt worden, der wiederum hatte seine Wahl dem Wesir, dem obersten Richter, unterbreitet. Seine Autorität war also von der höchsten Instanz bestätigt worden.

Das Büro seines Verwalters lag an einer Gasse, die durch ein Strohdach vor der Sonne geschützt wurde. Hier wurden Besucher empfangen, hierhin kamen die Dorfbewohner, um ihre Beschwerden zu äußern – meistens öffentlich. Die Familien hatten kaum Geheimnisse voreinander, und die meisten Meinungsverschiedenheiten wurden rasch geklärt.

»Ich will sofort den Bürgermeister sprechen«, forderte Kamose.

»Er ist nicht hier«, antwortete der Verwalter, der über seinen Abrechnungen saß. »Was wünschst du?«

»Ich muss mit ihm reden. Mit niemand anderem!«

»Du weißt doch, dass er sehr beschäftigt ist und mir sein volles Vertrauen schenkt. Worum geht es?«

»Um nichts. Gar nichts.«

Kamose entfernte sich mit großen Schritten. Kopfschüttelnd beugte sich der Verwalter wieder über seine Abrechnungen. Der Junge hatte keinen besonders guten Ruf. Er war stur und leicht aufbrausend und galt als wenig gefügig. Vor kurzem hatte der Bürgermeister dem Verwalter empfohlen, ihm gegenüber misstrauisch zu sein.

Kamose verließ das Dorf auf einem verlassenen Sträßchen, das an einem Dinkelfeld endete. Die Sonne stand noch immer hoch am Himmel. Der junge Mann hob den Blick und betrachtete das makellose Blau, das die Götter jeden Tag aufs Neue schufen und das ihn seit dem Tag erfreute, an dem sich seine Augen dem Licht geöffnet hatten. Wie gern er sich in das noch taufeuchte Gras am Rande der Wüste setzte, um den Sonnenaufgang zu betrachten! Wenn Gott Re, der Sieger über die Dunkelheit, aus dem Feuerozean emporstieg, der den Horizont in rote Glut tauchte, fing Kamoses Herz in seiner Brust zu pochen an. Aber heute hatte er keine Zeit zum Träumen. Er musste so schnell wie möglich den Bürgermeister finden.

Nachdem er das Dinkelfeld durchquert hatte, lief Kamose auf einem Pfad weiter, der an einem Palmenhain entlangführte, und erreichte einen von Mauern umgrenzten Garten. Hier lag der Lieblingsort des Bürgermeisters, streng bewacht von einem nubischen Gärtner. Wenn er die Jungen aus dem Dorf erwischte, die Feigen und Datteln stehlen wollten, kannte er kein Erbarmen. Ohne zu zögern, benutzte er seinen Stock und schnappte sie sich, wenn sie wegrannten. Kamose duckte sich, um von dem Nubier nicht bemerkt zu werden, und kletterte auf der Rückseite des Gartens an der niedrigsten Stelle über die Mauer.

Auf der anderen Seite wartete er einen Augenblick, um sicherzugehen, dass er nicht entdeckt worden war. Aber nur der Gesang der Amseln drang durch die Luft.

Der Bürgermeister lehnte mit dem Rücken an einer Palme, hatte die Hände auf seinem runden Bauch zu Fäusten geballt und schlief. Neben ihm lag ein Lederschlauch mit frischem Wasser. Die großen Palmen spendeten großzügig Schatten, und so wurde der kahle Schädel des Bürgermeisters vor der brennenden Sonne geschützt. Kamose griff eine Hand voll Erde und warf sie dem dicken Mann auf den Bauch.

Der Bürgermeister brummte, bewegte sich kurz, wurde aber nicht wach.

Kamose warf erneut etwas Erde, diesmal mit mehr Erfolg. Die Augen des Bürgermeisters öffneten sich.

»Kamose! Was tust du hier? Der Zugang zu meinem Garten ist dir wie jedem anderen Dorfbewohner verboten, das weißt du doch ... Ich rufe den Wächter!«

»Wartet! Ich habe etwas mit Euch zu besprechen. Nur Ihr könnt mich anhören.«

Der Bürgermeister hatte ein pausbäckiges, fast rosafarbenes Gesicht. Die Sonnenstrahlen vermochten seine Haut kaum zu bräunen. Er hatte eine breite Nase, eine schmale Stirn, und den Mund formten zwei dicke, verfressene Lippen.

»Warst du noch nicht bei meinem Verwalter?«

»Die Angelegenheit ist zu wichtig.«

»Ich hasse es, wenn man mich in meinem Schlaf stört. Wie sollte ich die nötige Gesundheit bewahren können, um mich um das Dorf zu kümmern, wenn sich alle so verhalten würden wie du?«

»Es ist ein außergewöhnlicher Fall«, wiederholte Kamose fest.

»Das musst du mir erklären.«

»Ein Soldat namens Setek will unser Haus, unser Land und unser Hab und Gut stehlen.«

»Stehlen? Pass auf, was du sagst, Kamose! Verleumdung ist ein schweres Vergehen, das streng bestraft wird.«

»Setek ist nicht von hier. Er kommt aus Asien. Er hat keinerlei Recht dazu.«

»Du täuschst dich«, sagte der Bürgermeister ernst. »Setek ist ein Veteran der Armee von Ramses dem Großen.«

Kamose machte große Augen.

»Wisst Ihr ... Wisst Ihr Bescheid?«

»Natürlich. Er kam zu mir, bevor er deinen Eltern seine Forderungen vorgetragen hat.«

»Warum habt Ihr ihn nicht daran gehindert?«

»Weil er absolut korrekt handelt«, antwortete der Bürgermeister. »Setek hat einen Befehl des Pharao. Verstehst du denn nicht, mein armer Junge! Dieser Mann ist ein Held. Dank seiner Taten und der seiner Waffenbrüder wurde Ägypten vor der Invasion bewahrt. Da ist es ganz normal, dass der Pharao ihm große Privilegien erteilt.«

»Ist es denn ein Privileg, meine Familie zu ruinieren?«

»So haben die Götter entschieden. Unser Schicksal liegt in ihren Händen. Es nutzt nichts, dich zu empören. Du musst gehorchen, genau wie deine Eltern, genau wie ich. Einen Befehl des Pharao zweifelt man nicht an.«

»Selbst wenn der Pharao ...«

»Kein Wort mehr!«, befahl der Bürgermeister mit wachsender Verärgerung. »Nimm dich in Acht, Kamose. Ich betrachte die Angelegenheit als erledigt. Morgen wird Setek das Gut, das ihm vom Katasteramt zugeteilt wurde, in Besitz nehmen. Deine Eltern werden in meine Dienste treten. Es wird ihnen an nichts mangeln.«

Kamose war stumm vor Empörung.

Der herrliche Garten verwandelte sich für ihn in eine Höhle voller Dämonen, Dämonen, die mit scharf geschliffenen Messern unachtsamen Reisenden die Kehle durchschneiden.

3

Das Abendessen verlief in gedrückter Stimmung. Kamoses Vater blieb liegen und dämmerte dahin. Die sanfte Nedjemet hatte gebratenes Lamm und Honigkekse zubereitet, rührte das Essen aber nicht an.

Die Nacht brach herein, es war warm und ruhig, eine Öllampe verbreitete schwaches Licht. Der Hund der Familie hatte sich der Länge nach auf der Schwelle des Hauses niedergelassen. Das Dorf sank in Schlaf. Am nächsten Tag würden die Vorbereitungen für das Erntefest beginnen, bei dem eine Priesterin des Tempels von Karnak dem göttlichen Fluss die schönste Garbe des schönsten Feldes darbieten würde – »die Braut des Nil«, wie sie genannt wurde.

Kamose hatte seiner Mutter alle Einzelheiten des enttäuschenden Gesprächs mit dem Bürgermeister geschildert. Sie hatte nicht die geringste Empörung geäußert.

»Finde dich damit ab, mein Sohn. Ein brennendes Herz ist eine Beleidigung der Götter.«

Der junge Mann verspürte kein Verlangen nach einer Auseinandersetzung. Er war mit seiner Mutter nicht einer Meinung, liebte sie aber zu sehr, um ihr zu widersprechen.

»Der Bürgermeister hat vom Katasteramt gesprochen«, sagte er. »Wo befindet sich das?«

»Nicht hier. Im Tempel von Karnak.«

»Und wenn sie sich dort getäuscht haben? Wenn das Katasteramt vielleicht einen Fehler begangen hat?«

»Es wird von den königlichen Schreibern geleitet, mein Sohn. Sie sind sehr genau.«

»Trotzdem will ich dieses Kataster konsultieren, das uns unseren Besitz wegnimmt. Ich breche morgen nach Karnak auf!«

»Das ist eine Torheit«, wandte Nedjemet ein. »Wir kennen dort niemanden. Du weißt nicht einmal, an wen du dich wenden sollst.«

»Ich werde es herausfinden. Ich werde den Lauf des Schicksals ändern.«

»Nur die Zauberpriester sind dazu in der Lage, mein Sohn. Du bist nur ein Bauer wie wir.«

Kamose brach im Morgengrauen in einem Fischerboot auf, das einem Freund seiner Eltern gehörte.

So musste er nicht mit ansehen, wie Setek die sanfte Nedjemet und den schweigsamen Geru rücksichtslos aus ihrem Haus vertrieb. Geru, der sich kaum auf den Beinen halten konnte, war von Nachbarn zu dem kleinen Haus gebracht worden, das der Bürgermeister ihnen zugeteilt hatte. Nedjemet war in die Bäckerei, Geru in die Speicher versetzt worden.

Keiner von beiden hatte protestiert. Sie würden sich schon an ihr neues Leben gewöhnen.

Kamose wusste, dass jegliche Diskussion mit den Eltern aussichtslos war. Ihr Gehorsam wandte sich nun gegen sie selbst. Nur er konnte sie aus der Sklaverei retten, die der Bürgermeister ihnen auferlegte. Und so hatte er sich geschworen, nicht ins Dorf zurückzukehren, bis er Gerechtigkeit erlangt hatte.

Der Fischer hisste das Segel und fand mit großem Geschick rasch den Wind. Schnell glitt das leichte Boot über den Strom, über dem noch Nebelstreifen hingen. Genussvoll zog Kamose die kühle Luft des frühen Morgens ein.

Ein Wanderfalke, das Symbol des Gottes Horus, des Beschützers des Pharao, flog weit oben im hellen Himmel und hielt nach Beute Ausschau, auf die er sich mit atemberaubender Schnelligkeit stürzen würde. An den Ufern des Nil sammelten sich Ibisse in funkelnd weißem Federkleid, bevor sie sich auf die Suche nach Fischen machten.

»Halt das Ruder fest in der Hand, mein Junge!«, forderte der Fischer Kamose auf.

»Aber ... das habe ich doch noch nie gemacht!«

»Umso besser. Wenn du Theben entdecken willst, musst du lernen, dich in jeder Situation zurechtzufinden.«

»Ich bin Bauer und kein Matrose.«

»Werde es. Es wird dir von Nutzen sein.«

Kamose hatte sich entschieden, die Reise auf dem Wasserweg und nicht auf der Straße zu machen. Er war zu alt, um auf einen Esel zu steigen, und zu Fuß zu gehen hätte zu lange gedauert. Jetzt bedauerte er seine Entscheidung ein wenig. Das Schiff stampfte, und das Steuerruder entglitt ihm.

»Halt fest, halt richtig fest!«

Der Fischer mutete dem jungen Mann einiges zu, um ihn herauszufordern. Kamose verweigerte sich der Anstrengung nicht, und es gelang ihm tatsächlich, das Boot zu steuern, ohne es zum Kentern zu bringen. Als sie in Sichtweite von Theben kamen, verhehlte der Fischer nicht, dass er mit seinem Schüler zufrieden war.

»Du bist noch kein guter Matrose«, urteilte er, »aber du bist bereits kein Bauer mehr. Viel Glück, mein Junge!«

Der Anblick des thebanischen Gebirges faszinierte Kamose. Der mächtige Westgipfel überragte das Tal, in dem die Könige Ägyptens begraben waren. Dort waren die Tempel der Millionen Jahre errichtet worden, in denen die Seelen der mächtigen Herrscher, die den Ruhm des Landes geprägt hatten, für alle Ewigkeit lebten.

Kamose ging am Ostufer ans Land. Hier erstreckte sich die Hauptstadt, das hunderttorige Theben, hier war der gewaltige Tempel von Karnak errichtet worden, der seit mehreren Jahrhunderten von einer Dynastie zur nächsten immer prächtiger ausgestattet wurde.

Durch diese Arbeiten erfreuten die Pharaonen den Herrn des Tempels, Amun-Re, den Herrscher der Götter, der es durch seine Gunst Ägypten ermöglicht hatte, die Eindringlinge zu vertreiben und blühenden Wohlstand zu erlangen.

Auf den Kais herrschte reges Treiben. Die Hafenarbeiter entluden Waren, die von schweren Booten aus Assuan im Süden und Memphis im Norden hergebracht worden waren. Syrische Händler handelten mit Stoffen. Mehrmals wurde Kamose von Händlern angerempelt, die es eilig hatten.

Inmitten dieser bunten Menschenmasse, in der er niemanden kannte, fühlte sich der junge Mann verloren. Natürlich hatte er schon Dorffeste erlebt, aber hier war alles größer, bunter, lauter, schneller ... So groß hatte er sich Theben nicht vorgestellt, nicht mit so vielen Menschen und Reichtümern.

Einen Augenblick lang verspürte er das Bedürfnis aufzugeben, nach Hause zurückzufahren und sich in sein Schicksal zu fügen. Doch dann wäre er ein Feigling.

Er wandte sich an einen Korbverkäufer.

»Wo befindet sich der Tempel von Karnak?«

Der Mann lachte.

»Du musst ein Fremder sein!«

»Wie auch immer. Könnt Ihr mir antworten oder nicht?«

»Das kann jeder ... Geh dort entlang, mein Junge, und lauf immer geradeaus. Du kannst ihn nicht verfehlen.«

Kamose begriff diesen Satz nur wenig später, als er aus einer Gasse heraustrat und den gigantischen Tempel vor sich sah. Er war geschützt durch eine Umfassungsmauer, sodass er für Außenstehende unerreichbar war. Im Inneren befanden sich die Wohnstätten der Götter, die durch gewaltige Tore, die Pylone, voneinander abgeteilt waren. In den aufeinander folgenden Höfen standen Obelisken, deren Spitzen den Himmel berührten und deren steinerne Leiber schädliche Energien vertrieben.

Der junge Mann betrachtete die im Wind flatternden Wimpel an der Spitze der Masten, die vor dem großen Pylon standen, welcher den Zugang zum überdachten Tempel anzeigte.

Das war alles, was er sehen konnte. Der Rest war verborgen und allein den Eingeweihten vorbehalten. Kamose ging einen Weg entlang, der zur Umfassungsmauer des Tempels führte. Zwei Reihen auf Sockeln liegender Widder säumten ihn und beschützten eine Skulptur des Pharao. Im Widder verkörperte sich der Gott Amun. Sein gewundenes Horn symbolisierte das Wachstum des Lebens und war der Schlüssel für die Proportionen, nach denen sich die Welt organisierte.

Es herrschte ein regelmäßiges Kommen und Gehen von kahl geschorenen Priestern in weißen Leinengewändern, die Papyrusrollen bei sich trugen. Durch eine kleine Tür in der Mauer, die für alle geöffnet zu sein schien, betraten sie den Tempel.

Kamose drängte sich hinein.

An der Schwelle zu einem weitläufigen, nicht überdachten Hof blieb er stehen: Hier standen zahlreiche Statuen hoher Persönlichkeiten, die von den Dargestellten als Opfergaben aufgestellt worden waren. Ihr unvergängliches Abbild ließ sie teilhaben an der Ausstrahlung Amuns.

Ein alter Priester hinderte Kamose mit ernster Stimme daran, weiterzugehen.

»Was willst du?«

Kamose schluckte. Er war so beeindruckt, dass ihm fast die Stimme versagte.

»Ich ... Ich wollte das Kataster einsehen.«

»Wer bist du?«

»Der Sohn von Geru und Nedjemet.«

»Du bist kein Schreiber. Das hätte ich mir bei deiner Aufmachung auch denken können.«

Der alte Schreiber warf einen strengen Blick auf Kamoses abgetragenen, staubigen Lendenschurz. Der junge Mann schämte sich. Aber darauf konnte er keine Rücksicht nehmen. Allein sein Auftrag zählte.

»Wo befindet sich das Katasteramt?«

»Hier in diesem Tempel unter der Aufsicht der königlichen Schreiber.«

»An wen muss ich mich wenden, um dort Zugang zu erhalten?«

»An niemanden, wenn du nicht Schreiber bist.«

»Meine Eltern sind von einem Soldaten von ihrem Land und aus ihrem Haus vertrieben worden«, erklärte Kamose. »Ich bin überzeugt, dass es sich um einen Irrtum des Katasteramtes handelt.«

»Das Katasteramt irrt nicht, mein Junge. Kehr nach Hause zurück. Du hast hier nichts zu suchen.«

»Hört mich an, ich bitte Euch!«

Der alte Priester wandte sich ab.

Zwei mit langen Stöcken bewaffnete Wachen tauchten auf. Eilig verließ Kamose den großen Eingangshof.

Bedrückt saß Kamose da, den Kopf auf die Knie gelegt, und kämpfte gegen Tränen der Wut. Schreiber zu werden war für ihn unmöglich.

Er hatte sich an eine Straßenecke gekauert und achtete nicht darauf, was um ihn herum geschah. Theben interessierte ihn nicht mehr. Die große Stadt wurde für ihn zum Spiegel seines Unglücks.

Eine Hand legte sich auf seine Schulter.

»Was ist mit dir, mein Junge?«

Kamose hob den Blick und sah einen etwa dreißigjährigen Mann von kräftiger Statur und einem Wehrgehänge vor der Brust.

»Lasst mich in Frieden. Ich möchte mit niemandem sprechen.«

»Warum so verzweifelt? Hast du einen lieben Menschen verloren?«

»Das ist meine Sache.«

»Du trägst den Lendenschurz eines Bauern. Du siehst aus, als hättest du dich verirrt. Bist du von zu Hause weggelaufen?«

Kamoses Gesicht verschloss sich. Er verspürte kein Bedürfnis mehr, sich jemandem anzuvertrauen.

»Ich suche Lehrlinge. Bist du bereit zu arbeiten?«

Kamose dachte nach. Er konnte nicht ins Dorf zurückkehren. Wie sollte er in Theben überleben?

»Was für eine Arbeit?«, fragte er nun.

»Bestimmt hast du dich hier in dieser Straße im Viertel der Handwerker hingesetzt, weil du einer von ihnen werden willst. Ich brauche junge Männer, die Stein und Holz kennen lernen wollen.«

Stein und Holz ... Kamose hatte von seiner Mutter die Legende vom Baumeister Imhotep gehört, dem größten Weisen Ägyptens, der seine Karriere mit dem Ausbohren von Steinvasen und dem Bearbeiten von verschiedenen Materialien begonnen hatte, bevor er die Menschen regierte.

Kamose stand auf.

»Ich folge Euch.«

»Du bekommst Kost und Logis. Acht Stunden Arbeit täglich. Mehrere Ruhetage in der Woche und freie Zeit an Festtagen. Aber ich achte streng auf die Ausführung deiner Arbeit. Wenn du mich nicht zufrieden stellen kannst, behalte ich dich nicht.«

Kamose biss die Zähne zusammen.

»Ich habe Euch gesagt, ich würde Euch folgen.«

»Starrköpfig und stolz«, bemerkte der Handwerksmeister anerkennend. »Wir werden sehen, ob du deinem großen Ehrgeiz gewachsen bist.«

Er ging los, ohne sich umzusehen. Zu seinem großen Erstaunen bemerkte Kamose, dass sie sich in Richtung Karnak bewegten. Als der Meister den Weg der Widder einschlug, konnte der neue Lehrling es sich nicht verkneifen, eine Frage zu stellen.

»Was machen wir im Tempel?«

»Arbeiten, mein Junge. Dort befindet sich meine Werkstatt.«

4

Der Fischer brachte Geru und Nedjemet Neuigkeiten von ihrem Sohn. Er berichtete, Kamose sei als Lehrling in einer Werkstatt des Tempels von Karnak angestellt worden und man sei dort mit ihm zufrieden. Was der Fischer aber dann Kamose berichtete, ließ diesem das Herz stocken. Der Bürgermeister des Dorfes hatte es dem Helden Setek gestattet, Geru und Nedjemet als Diener anzufordern, da diese ihr altes Haus ja bestens kennen würden.

Kamose konnte sich das traurige Schicksal seiner Eltern, die nun für den Mann arbeiten mussten, den sie am meisten auf der Welt hassten, nur zu gut vorstellen. Immer schwerer war die Ungerechtigkeit zu ertragen, wie besessen stürzte er sich in die Arbeit, mehr noch als zuvor.

Seine Kameraden waren ihm zunächst mit Misstrauen begegnet, aber es gelang Kamose doch, ihre Wertschätzung zu gewinnen. Seine Ernsthaftigkeit, sein Wille zum Erfolg, seine Weigerung, sich den Klatsch der einen und den Tratsch der anderen anzuhören, nötigte allen Respekt ab. Zunächst war er als Gehilfe dafür zuständig, die Werkzeuge wegzuräumen und zu beaufsichtigen, danach wurde er bei den Polierern aufgenommen. Später lernte er, mit Meißel, Holzhammer und Dechsel umzugehen. Er erwies sich als präziser Arbeiter. Für einen Menschen seines Alters legte er eine außergewöhnliche Konzentrationsfähigkeit an den Tag. Er widersprach keinem einzigen Befehl seines Meisters und machte sich fleißig daran, seine Fehler zu korrigieren und unaufhörlich auf dem Weg der Kunstfertigkeit voranzuschreiten.

Die Werkstatt befand sich neben dem überdachten Tempel, dessen Geheimnis von hohen Mauern geschützt wurde. Nur hochrangige Schreiber und die Tempelpriester durften ihn betreten, diejenigen, die in die göttlichen Geheimnisse eingeweiht waren und denen die Wissenschaften vertraut waren, die sie an ihre Schüler weitergaben. Zu diesen Wissenschaften gehörte die Geometrie als unerlässliche Grundlage für die Arbeit der Feldmesser. Deshalb befanden sich auch die Büros des Katasteramtes in diesem für Nichteingeweihte unzugänglichen Teil des Heiligtums von Amun. Kamose hätte ihnen nicht näher und ferner zugleich sein können.

Wie sollte er es nur schaffen, hineinzugelangen?

Doch eines Tages würde er die Lösung finden. Vielleicht, indem er der Beste in seinem Beruf werden würde. Aus diesem Grund gönnte sich Kamose keine Zerstreuung und keine Muße. Er saß auf seinem Schemel, machte die Vorarbeiten für einen Türsturz, meißelte Hieroglyphen in Granit und wirkte an der Herstellung einer Holzstatue mit, deren Kopf er anpasste.

Der Meister war von den Fortschritten seines Lehrlings beeindruckt. Am Ende seines ersten Arbeitsjahres war Kamose weiter als manch anderer Lehrling, der bereits drei oder vier Jahre in der Werkstatt arbeitete. Aber er blieb scheu und verschlossen. Niemand war zu seinem Vertrauten geworden. Niemandem war es gelungen, ihm sein Geheimnis zu entreißen.

Aus dem Dorf kamen schlechte Nachrichten. Der Gesundheitszustand seiner Eltern verschlechterte sich. Setek zwang sie zu harter Arbeit.

Der Arbeitstag war beendet, die Werkstatt leer. Nur Kamose war noch dageblieben und beendete die Arbeit an einem Stuhl mit rechteckiger Rückenlehne.

Der Meister betrat geräuschlos den Raum und beobachtete den jungen Mann bei der Arbeit.

Kamose mochte seine Werkzeuge. Er nutzte sie mit Verstand und handhabte sie mit großer Präzision. Der Respekt, den er ihnen erwies, war die beste Erklärung für seine Erfolge.

»Die Stunde ist gekommen«, verkündete der Meister.

Kamose wandte sich rasch um.

»Ach, Ihr seid es, Meister ... Ich hatte Euch nicht hereinkommen hören. Von welcher Stunde sprecht Ihr?«

»Von der deines Meisterstücks, Kamose.«

Der Lehrling legte sein Holzstemmeisen beiseite.

»Jetzt schon? Aber die anderen ...«

»Bis jetzt hast du dich kaum um die anderen gekümmert. Du bist deinen Weg gegangen und hast dein Geheimnis bewahrt. Ich bin zufrieden mit deiner Arbeit. Heute sollst du versuchen, die Werkstatt zu wechseln, und mehr über die Gesetze der heiligen Geometrie lernen. Ein anderer Meister wird dich auf diesem Wege weiterführen.«

Kamose schien über diese Nachricht nicht glücklich.

»Muss ich dazu die Tempelmauern verlassen?«, fragte er ängstlich.

»Ganz gewiss nicht!«

Ein Lächeln erhellte das Gesicht des jungen Mannes.

»Ein Meisterstück fertigen ... Erhält man dadurch Zugang zum überdachten Tempel?«

Der Meister runzelte die Stirn.

»Das darfst du nicht wissen. Wir haben nichts zu fordern. Begnüge dich damit, zu arbeiten. Wenn du zu neugierig bist, wird dich dieses Laster vom Tempel entfernen.«

Kamose biss sich auf die Lippen. Er hatte einen Fehler begangen. Aber die Antwort des Meisters lieferte ihm eine wertvolle Information. Wer zur Elite der Handwerker gehörte, hatte sicherlich Zugang zum geschlossenen Tempel.

»Wie lautet die Aufgabe für mein Meisterstück?«

Der Meister sah seinen Lehrling lange an.

»Eine Sphinx aus vergoldetem Holz.«

»Wann soll ich damit beginnen?«

»Wann du möchtest.«

»Dann beginne ich noch heute Nacht. Darf ich Euch um Rat fragen?«

»Nein. Ab jetzt musst du etwas riskieren. Aber mach dich auf strengste Kritik von mir gefasst.«

»Was setzt Ihr mir für eine Frist?«

»Keine. Setze du selbst die Zeit fest, die du brauchst. Sei du verantwortlich für dein Werk – und zwar du ganz allein.«

»Und wenn ich scheitere?«

»Dann beginnst du von neuem.«

Kamose hielt einen Moment dem Blick seines Meisters stand, dann verbeugte er sich respektvoll vor ihm, wie es die Handwerksregel verlangte.

Er war fest entschlossen, dem Meister zu beweisen, dass dieser ihm zu Recht sein Vertrauen geschenkt hatte.

Kamose verließ die Werkstatt nicht mehr. Er aß und schlief dort, redete mit niemandem und widmete sich nur noch dem Klotz aus Akazienholz, aus dem er seine Sphinx zu schnitzen begonnen hatte. Bald nahmen der längliche Körper, die Beine, der um den Körper geschlungene Schwanz und das Gesicht Form an. Kamose konnte perfekt mit dem Dechsel umgehen, und so verschwand allmählich selbst die letzte Unvollkommenheit. Die Vergoldung erforderte lange Tage sorgfältigster, aufmerksamster Arbeit von ihm, aber er hatte den Eindruck, als gelänge sie ihm.

Die Sphinx aus vergoldetem Holz war fertig.

Genau in dem Augenblick, als Kamose sein Werkzeug beiseite legte, erschien der Meister.

»Lass dein Werk hier«, befahl er, »und komm mit.«

Kamose verließ die Werkstatt, in der er fast vergessen hatte, dass es Tage und Nächte gab. Gleißendes Sonnenlicht blendete ihn.

Der Meister führte ihn zur Unterkunft eines seiner Kollegen, eines großen, hageren Mannes, von dem die Lehrlinge sagten, er besäße den Schlüssel zur heiligen Geometrie.

»Verbeuge dich vor dem Geometermeister«, befahl der Handwerksmeister, der bisher Kamoses Lehrherr gewesen war.

Kamose gehorchte unverzüglich. Der Geometermeister schüchterte ihn genauso ein wie seine Kameraden.

Der Meister vertraute Kamose zweien seiner Helfer an, die genauso wortkarg und abweisend waren wie er selbst.

Sie nahmen dem jungen Mann die Lederschürze ab und führten ihn in einen Waschraum, wo er aufgefordert wurde, sich gründlich zu waschen. Als er sich gesäubert hatte, führten ihn die beiden Helfer in einen winzigen Raum mit kahlen Wänden.

Die Tür schloss sich, und völlige Dunkelheit umgab ihn.

Kamose atmete langsam und schaffte es allmählich, seine Befürchtungen abklingen zu lassen. Nach einiger Zeit hatte er den Eindruck, ein Licht erkennen zu können, das aus einer Unmenge winziger Leuchtpunkte inmitten der Steine drang.

Ob es ein Irrtum gewesen war, den Weg der Handwerker einzuschlagen? Natürlich hatte er dadurch keine materiellen Sorgen mehr und eine Arbeit, die ihn begeisterte. Aber so näherte er sich nur sehr, sehr langsam den Büros des Katasteramtes. Während seine Karriere voranschritt, verkümmerte das Leben seiner Eltern. Er allein war für ihr Wohlbefinden verantwortlich. War er nicht auf bestem Wege, sie zu vergessen, sie zu verlassen?

In der Einsamkeit verging die Zeit schnell.

Die beiden Helfer holten ihn wieder ab. Sie banden ihm einen makellos weißen Lendenschurz um und führten ihn in einen großen Raum, in dem alle Handwerksmeister des Tempels von Karnak auf Steinbänken Platz genommen hatten. Kamose erkannte nur den, bei dem er gelernt hatte, und den Geometermeister. Woher kamen die anderen? Aus dem geschlossenen Tempel oder aus entfernten Provinzen? Ihre Gesichter waren so streng, dass Kamose überzeugt war, er sei durchgefallen.

Sein Meisterstück, die vergoldete Sphinx, thronte in der Mitte des Raumes.

Das Gericht wurde vom Geometermeister geleitet.

»Lehrling Kamose«, erklärte dieser mit tiefer Stimme, »wir sind hier versammelt, um dein Meisterstück zu prüfen. Die Ausführung ist gut, es ist von hervorragender Qualität. Du kennst deine Werkzeuge und liebst sie. Du hast ein sicheres Gespür für Proportionen, auch wenn sie noch lange nicht exakt sind. Aber du hast einen schweren Fehler begangen.«

»Die Vergoldung ...«, begann der junge Mann, bereit, sich zu dieser heiklen Technik zu erklären.

»Ich habe dir nicht gestattet zu reden«, unterbrach ihn der

Geometermeister. »Deine Vergoldung ist von mittelmäßiger Qualität, und sie muss nochmal gemacht werden. Dennoch hast du dich in dieser Kunst, in der du dich fast überhaupt nicht auskanntest, gut geschlagen. Nein, darin liegt dein Fehler nicht.«

Panik ergriff Kamose. Was war das für ein Fehler? Er ging die einzelnen Stadien seiner Arbeit durch, suchte und suchte, aber vergeblich.

»Das Gesicht der Sphinx«, offenbarte der Geometermeister.

Der Lehrling konnte seine Verwunderung nicht verbergen. Für ihn war das der gelungenste Teil. Der Nasenrücken, die Feinheit des Gesichts, die edle Stirn ... Nein, damit konnte er nicht einverstanden sein.

»Welches Vorbild hast du dir genommen?«

»Den Meister der Lehrlinge, natürlich«, antwortete Kamose. »Es gab kein besseres.«

»Bist du niemals durch die Allee der Sphinxen vor dem Tempel gegangen? Hast du nicht bemerkt, dass das einzige, alleinige Gesicht der Sphinx das Gesicht des Meisters von uns allen ist, des Baumeisters Ägyptens, das Gesicht des Pharao? Du vergisst die wichtigsten Dinge.«

Das Urteil war verkündet, es war unwiderruflich. Kamose hätte gerne protestiert, aber ihm fiel kein Argument ein.

Die beiden Helfer führten ihn in den kleinen Raum zurück, wo er mit leerem Kopf lange wartete. Er war von der Anspannung erschöpft und dachte an nichts.

Erneut öffnete sich die Tür. Der Geometermeister trat ein.

»Die Beratung ist beendet, Kamose. Du wirst deine Sphinx von neuem beginnen, diesmal, ohne einen Fehler zu begehen. Aber dein Meisterstück wurde als solches angenommen. Von nun an arbeitest du unter meinem Befehl.«

5

Die Ähren waren herrlich gelb. Die Zeit der Ernte war gekommen. Überall auf den Feldern arbeiteten die Bauern und schwangen geschickt ihre Sicheln.

Die Arbeit begann bei Morgengrauen und endete spät am Abend. In Vorfreude auf die Festwoche, die alle Anstrengungen belohnen würde, ging den Bauern die Arbeit leichten Herzens von der Hand.

Auch die Handwerker in den Werkstätten des Tempels von Karnak sehnten diese Ruhezeit herbei, in der ihnen gestattet war, Bier zu trinken, so viel sie wollten, und sich bis zur Erschöpfung zu vergnügen.

Nur einer unter ihnen machte ein trübes Gesicht: Kamose, der neue Schüler des Geometermeisters. Seine Kameraden versuchten, ihn zu zerstreuen, und versprachen ihm, ihn zum Trinken und Tanzen mitzunehmen.

Aber da war nichts zu machen. Kamose zog sich ganz in seine Arbeit zurück.

Wie hätte der junge Mann auch fröhlich sein können, wo doch die Menschen, die er liebte, sein Vater und seine Mutter, unter den Misshandlungen eines niederträchtigen, als Held bewunderten Kerls litten?

Der sehnlichst erwartete Tag rückte näher. Morgen würde das Opferritual der Braut des Nil stattfinden und die schönste Garbe des schönsten Feldes geopfert werden. Jedes Handwerk würde einen der Seinen abordnen, der es vertreten würde. Und jeder hoffte, der Erwählte zu sein, den ersten Rang einzunehmen und die Hathor-Priesterinnen bewundern zu können, die die Zeremonie leiteten.

In den Werkstätten wurde die Arbeit beiseite gelegt. Die Handwerker bereiteten ihre Festkleidung vor. Kamose, der am liebsten allein war, saß in einem Palmenhain südlich der Mauer von Karnak und hing seinen Gedanken nach. Nur das Osttor der Mauer war noch zu sehen, es wurde von einer in den Türsturz gemeißelten Sonne mit ausgebreiteten Flügeln gekrönt.

Der junge Mann hatte den bitteren Geschmack der Verzweiflung im Mund. Die Lehren des Geometers begeisterten seinen Geist, erfreuten aber nicht sein Herz. Sein Herz war im Dorf geblieben, bei seinen Eltern, den Opfern einer ungerechten Gesellschaft.

»Woran denkst du, Kamose?«, fragte der Geometermeister, der plötzlich neben dem jungen Mann stand, sich setzte und mit ihm die untergehende Sonne betrachtete.

»Ich ... Ich schaue das göttliche Gestirn an. Es ist herrlich.«

»Du bist kein guter Lügner, Kamose. Deine Augen sind gar nicht fähig, den unermesslichen Frieden zu schauen, der den Himmel erfüllt. Heute Morgen wurde die Sonne geboren, heute Abend stirbt sie. Ein sichtbarer Tod, der die morgige Wiederauferstehung vorbereitet. Ein Tod, der uns auf unseren eigenen Tod vorbereitet. Um diese Gelassenheit zu ermessen, muss man gelebt haben. Und du lebst nicht mehr. Du bist in einem Gefängnis gefangen, dessen Mauern du selbst errichtet hast.«

»Das stimmt nicht«, protestierte der junge Mann. »Ich kämpfe gegen ein ungerechtes Schicksal.«

»Das Schicksal ist weder gerecht, noch ungerecht. Es ist das Schicksal.«

»Wie auch immer, ich nehme es nicht hin.«

Die Sonne sank rasch zum Horizont. In unzähligen Rottönen ergoss sie sich über das thebanische Gebirge, das bald wie eine über die Seele der Toten wachende Pyramide aus der Dunkelheit hervortreten würde. Die Boote steuerten die Ufer an. Die Herden kehrten von den Feldern zurück.

»Du hast Unrecht, und du hast Recht«, erklärte der Geometermeister. »Aber das Geheimnis, das du in dir trägst, ist so schwer, dass es dich erstickt.«

»Ich kann es mit niemandem teilen.«

»Hast du es nie jemandem anvertraut?«

»Doch ... Einem alten Priester. Er war Gehilfe am Eingangshof des Tempels. Er hat mir nicht einmal zugehört.«

»Du irrst dich. Ich habe ihn gut gekannt. Er ist vor ein paar

Monaten gestorben. Er war ein gerechter, rechtschaffener Mann. Er konnte dich weder anhören noch den Tempel betreten lassen, denn du warst nicht würdig.«

»Würdig sein ... Immer führt Ihr nur dieses Wort im Munde! Heute aber herrschen Unwürdige!«

Der Blick des Geometermeisters wurde durchdringend.

»Hast du präzise Vorkommnisse bemerkt, die diese schwere Anschuldigung rechtfertigen würden? Wer sind die angeblich herrschenden Unwürdigen unter uns?«

»Ich spreche nicht von unserer Zunft und vom Tempel ... Wisst Ihr, dass es eine andere Welt gibt? Eine Welt, in der unsere Werte nicht respektiert werden?«

Der Geometermeister lächelte.

»Ich habe den Auftrag, dich die geometrischen Formen des Lebens zu lehren, seine unsterblichen Formen, Kamose. Aber hältst du mich für einen naiven Alten, der nichts von der Welt weiß, in der die Menschen keine anderen Werte kennen als Ehrgeiz, Eitelkeit und Habgier?«

Kamose sah seinen Meister mit einem ganz neuen Blick an. Die Farben der untergehenden Sonne tauchten den Palmenhain in dunkles Grün, das sich mit dem Dunkelblau des Himmels und dem Ocker der Erde mischte.

Ein kühler Nordwind legte sich beruhigend auf die Seele.

»Ich war ein Bauer wie du, bevor ich herkam und an die Pforte des Tempels klopfte«, fuhr der Geometermeister fort. »Man nahm mich bei den Tischlern auf. Wegen Disziplinlosigkeit wurde ich wieder weggeschickt. Ich fand meinen Meister dumm und beschränkt. Ich hatte nicht ganz Unrecht ...

Aber ich war selbst dumm und beschränkt. Ich habe verbissen weitergemacht. Die Steinmetze waren besser für mich.«

»Warum habt Ihr Eure Familie verlassen?«

»Weil unser Nachbar nach einem Nilhochwasser die Grenzsteine unserer Felder umgesetzt hatte. Er hatte unsere Felder zu seinen Gunsten verkleinert. Meine Eltern haben sich beim Bürgermeister beschwert, aber kein Recht bekommen. Gegen diese Ungerechtigkeit habe ich aufbegehrt. Höhnisch lachend hat mir der Nachbar geraten, im Tempel Klage zu erheben. Ich habe ihn beim Wort genommen – vor inzwischen über fünfzig Jahren. Und ich bin hier geblieben.«

»Was ist aus Euren Eltern geworden?«

»Sie haben meinen Entschluss respektiert; fünf Jahre nachdem ich das Dorf verlassen hatte, bin ich als vom Tempel entsandter Geometer zurückgekommen. Ich selbst habe die Grenzsteine wieder an die richtige Stelle gesetzt. Mein Vater hätte sich gewünscht, dass ich den verfluchten Nachbarn in seinen Rechten einschränke. Das habe ich verweigert.«

»Er hätte es wahrlich verdient!«

»Das ist möglich, Kamose. Aber dieses Gesetz war nicht das des Tempels. Mein Vater hat mir meinen Starrsinn vorgeworfen. Durch mein Verhalten kam er um seine Rache.«

»Ist es denn eine so unwürdige Empfindung, wenn ein Sohn seinen Eltern Gerechtigkeit widerfahren lassen will?«

Ein Falke erhob sich in der Abendluft, stieg zur untergehenden Sonne empor und verschwand im rötlichen Feuer des Abends. Die Nacht brach herein und breitete ihre stillen Schwingen aus.

»Das ist immer eine unwürdige Empfindung«, erklärte der Geometermeister. »Sie befällt das Herz, engt es ein und hindert es daran, das Gewissen anzusprechen. Es ist nicht an dir, dich zu rächen oder Gerechtigkeit widerfahren zu lassen.«

»An wem also?«

»Vergisst du etwa, dass wir den Tempel und unsere Kunst dem Pharao verdanken, dem Mann, der mit den Göttern in Verbindung steht und uns in den Genuss ihres Lichts kommen lässt?«

»Er hat nicht die Zeit, sich um die Armen zu kümmern, die er selbst unglücklich gemacht hat.«

»Sterben diese Bauern vor Hunger und Durst?«

»Nein ... Aber sie sind zu Unrecht von ihrem Besitz vertrieben worden.«

»Wurde der Fall dem Gericht vorgetragen?«

»Das ist nicht möglich. Der Bürgermeister des Dorfes erklärt, alles entspreche den Gesetzen. Ein Veteran der Armee von Ramses hat vom Kataster die Erlaubnis erhalten, das Land meiner Eltern in Besitz zu nehmen.«

»Der Fall betrifft also die königlichen Schreiber«, erklärte der Geometermeister.

»Deshalb möchte ich die Werkstatt verlassen«, gestand Kamose. »Der beste Handwerker zu werden, wird mir nichts nutzen. Ich begehe Verrat an denen, die mir Vertrauen geschenkt haben und in Leid und Elend leben.«

»Triff keine übereilte Entscheidung«, riet der Geometer. »Der Weg des Göttlichen ist für die Augen der Menschen nicht leicht zu erkennen. Und doch gibt es einen Umweg, den du sicher gehen solltest.«

Kamose stutzte.

»Welchen?«

»Es wäre falsch, dir zu viele Einzelheiten zu sagen. Ich habe, was dich betrifft, eine Entscheidung getroffen.«

Kamoses Herz begann rascher zu schlagen. Der Geometer war mit Worten ebenso sparsam wie mit Vertraulichkeiten. Sicherlich hatte er sich noch nie so lange mit einem seiner Schüler unterhalten.

»Du weißt, dass einer von uns morgen unsere Zunft beim Erntefest vertreten soll. Du wirst diese Aufgabe erfüllen.«

6

Bereits lange vor Sonnenaufgang war in unmittelbarer Umgebung des Tempels von Karnak eine unermesslich große Menschenmenge zusammengekommen. Mehrere Tage lang würden die Einwohner der Hauptstadt Ägyptens nun feiern, sich vergnügen, trinken und tanzen.

Doch damit die Freude der Menschen Ausdruck finden konnte, mussten sich zunächst die Götter zeigen. Deshalb erwartete jeder den Auftritt von Gott Amun, seiner Gattin Mut und ihres Sohnes Chons.

In dem Moment, in dem sich die ersten Sonnenstrahlen im Osten zeigten, öffnete sich das große Doppeltor aus Libanonzedernholz.

Die Menge schrie begeistert auf.

Ein Zug von in weißes Leinen gekleideten Priestern schritt der großen heiligen Barke des Gottes Amun voraus, die von

Eingeweihten auf den Schultern getragen wurde. Hinter ihr ging Pharao Ramses der Große persönlich, geschmückt mit der weiß-roten Doppelkrone, die seine Macht über Ober- und Unterägypten symbolisierte.

Der König war umgeben von Priestern, Opferpriestern, Männern seiner persönlichen Wache, Sängerinnen und Tänzerinnen.

Für einen kurzen Augenblick sah Kamose das Gesicht des Pharao. Er fragte sich, ob der Herrscher nicht eine Maske trug, so unerschütterlich schienen seine Züge. Sie drückten gewaltige Macht, absolute Selbstbeherrschung und unbeugsamen Willen aus.

Kamose konnte nicht umhin, diesen Mann zu bewundern, der indirekt der Grund für das Unglück seiner Eltern war. Er fragte sich, wie man wohl Menschen fand, die in der Lage waren, eine so ungeheure Aufgabe zu erfüllen, wie die, Herr über Ägypten und Mittler zwischen Himmel und Erde zu sein.

Die Prozession zog zum Kai des Tempels von Karnak, der durch einen Begrüßungstempel markiert wurde. Dort wurden Nahrungsmittel als Opfergaben niedergelegt. Dann stiegen der Pharao und sein Gefolge in eine Barke, und die Priester und Priesterinnen taten es ihnen nach. Danach kamen die Vertreter der Zünfte, unter denen sich auch Kamose befand.

Der junge Mann war aufgeregter, als er zeigen wollte. Das perfekt organisierte Ritual musste selbst die anspruchsvollsten Beobachter beeindrucken. Die Schönheit der Kostüme, die eindringlichen Gesänge und die Pracht der vollständig mit Gold verkleideten Barke Amuns schufen einen Zauber, dem sich niemand entziehen konnte.

Unter dem Klang zahlreicher Tamburine und Sistren überquerten die Barken den Nil. Auf beiden Ufern drängten sich Männer, Frauen und Kinder, die glücklich darüber waren, der Herrlichkeit des Pharao zujubeln zu können.

Kamose stellte sich vor, wie er mit seinen Eltern, die er liebevoll an der Hand hielt, ebenso begeistert an der Feier teilnahm.

Auf den Bug der Barke des Königs war ein Auge gemalt, das sie leitete und in dieser Welt genau wie im Jenseits stets ein sicheres Anlegen gewährleistete. Am anderen Nilufer wurde der Pharao von den Priestern empfangen, die sich um die Tempel des westlichen Ufers kümmerten. Die Riten, die sie im Namen des Königs vollzogen, bewahrten die Lebenskraft der verstorbenen Vorfahren.

Zum ersten Mal entfaltete sich vor Kamose die ganze Herrlichkeit der Zeremonien des ägyptischen Hofs. Die königlichen Feldzeichenträger trugen Flaggen, auf denen göttliche Symbole zu sehen waren – der Schakal des Anubis, der Ibis des Thot und der Falke des Horus. Sie wurden von den Opferpriestern begleitet, die eine Hymne auf Amun sangen.

Die Händler hatten alles getan, um von der Situation zu profitieren. Die Festlichkeiten zogen derartig große Menschenmengen an, dass das Bier geradezu in Strömen floss. Zahlreiche Buden waren aus leichten Materialien errichtet worden, um den Menschen Bier und unterschiedlichste Backwaren anbieten zu können.

Kamose mochte Feste. Im Dorf hatte er immer begeistert beim Organisieren mitgemacht und bei keinem der Spiele gefehlt, die zu den Höhepunkten der Feste gehörten. Hier fühlte er sich jedoch fast fremd. Zunächst, weil er eine wichtige Rolle ausüben musste, die es ihm untersagte, sich unter die Jungen und Mädchen seines Alters zu mischen; dann, weil die Trauer nicht aus seinem Herz verschwinden wollte. Er war einfach nicht in der Lage, sich zu vergnügen, während die Seinen litten.

Der Pharao und sein Gefolge brachen zu den Tempeln auf. Der Herrscher musste nun jenen Gottheiten die Ehre erweisen, die im Urhügel begraben waren, jener Erderhebung, die am ersten Tag der Welt aus den Wassern aufgetaucht war.

Da es sich dabei um geheime Rituale handelte, begab sich die Menschenmenge zu einem anderen Ort: zu der Stelle, an der die schönste aller mit der Sichel geschnittenen Garben, die Braut des Nil, in den Strom geworfen werden würde.

Kamose überprüfte, ob sein weißes Leinengewand, das er zum ersten Mal trug, auch richtig saß. Er wollte sich der Aufgabe, die ihm im Namen der Zunft anvertraut worden war, gewachsen zeigen. Würdevoll nahm er in der ersten Reihe derjenigen seinen Platz ein, die dem Ritus beiwohnen durften.

Als die Prozession der Hathor-Priesterinnen erschien, trat Stille ein. Einige der Priesterinnen verließen nie den geschlossenen Tempel von Karnak, in dem sie hochrangige religiöse Aufgaben erfüllten. Andere waren Sängerinnen und Musikerinnen und teilten ihr Leben zwischen dem Dienst im Tempel und weltlichen Beschäftigungen.

Die zum Vollzug dieses Ritus abgeordneten Priesterinnen waren jung und schön. Sie standen unter der wachsamen Leitung einer alten Priesterin mit faltigem, zerfurchtem Gesicht.

Zu Ehren Hathors, der Göttin der Freude, Liebe und Trunkenheit, stimmten die Priesterinnen einen Gesang an. Sie schritten in langsamem Rhythmus voran, begleitet von Musikerinnen, die Flöten und tragbare Harfen spielten.

Die Musik war ernst und fröhlich zugleich und bezauberte jeden der Anwesenden.

Wie sollte man nicht stolz darauf sein, an solchen Festlichkeiten teilnehmen zu dürfen, auserwählt worden zu sein, um stellvertretend seine ganze Zunft am Ritual teilhaben zu lassen? Kamose wäre so gerne frei von seinen sorgenvollen Gedanken gewesen und hätte gerne unbeschwert sein Glücksgefühl mit seiner Umgebung geteilt. Er zwang sich, der Musik zu lauschen und nicht mehr sich selbst zuzuhören.

Die Hathor-Priesterinnen stellten sich in einem Kreis auf, in dessen Mitte die alte Priesterin die Braut des Nil niederlegte, eine gewaltige Garbe mit reifen, goldenen Ähren.

Harfen- und Flötenspielerinnen hörten auf zu spielen. Die Sängerinnen verstummten. Die Zeit schien anzuhalten. Alle hielten den Atem an.

Eine sehr junge, vielleicht sechzehnjährige Frau mit kurzem, schwarzem und mit seltenen Essenzen parfümiertem

Haar, die ein langes, durchscheinendes Faltenkleid trug, trat aus dem Kreis der Priesterinnen, beugte in einer anmutigen Geste ein Knie zu Boden und hob die Garbe auf.

Ihr Kleid wurde in der Taille durch einen schmalen Gürtel zusammengehalten, der ihre schlanke Gestalt betonte. Den Hals schmückte ein fünfreihiges Perlenhalsband. An ihren Handgelenken trug sie zwei goldene Armbänder, im Haar ein Diadem aus Türkisen.

Kamose war von der strahlenden Schönheit der jungen Frau fasziniert. Zum ersten Mal, seitdem er das Dorf verlassen hatte, dachte er nicht mehr an das Unglück seiner Eltern.

Er hielt den Blick starr auf das Gesicht der Priesterin gerichtet. Er musterte ihre vollkommene Stirn, die lapislazuliblauen Augen, die leicht gebogene Nase, die schmalen, rot bemalten Lippen.

Noch nie zuvor hatte Kamose eine solche Schönheit erblickt. Die Göttin Hathor konnte keine herrlichere Getreue haben. Diese junge Frau war die Liebe. Sie war die göttliche Vollkommenheit.

Die Priesterin trug die Garbe auf Brusthöhe vor sich und schritt bis ans äußerste Ende eines Steilhangs, der den Fluss überragte. Sie blieb stehen.

Die alte Priesterin sprach einige Verse einer Zauberformel, die den Nil anwies, sich dem Volke Ägyptens großzügig zu zeigen, die Erde fruchtbar zu machen und alle Formen des Lebens zum Wachsen zu bringen.

»Möge der Flussgott eine Gabe seiner Reichtümer empfangen!«

Die junge Priesterin hob die Braut des Nil über den Kopf und warf sie in den Strom.

Freudige Ausrufe begrüßten ihre Geste. Nur Kamose schwieg, er war unfähig, den Blick von der jungen Priesterin abzuwenden. Wirkte hier etwa schon der Zauber der Braut des Nil? Ihm offenbarte sich die Allmacht eines Gefühls, das sein ganzes Wesen erfüllte, die Liebe.

Eine wahnsinnige Liebe, eine Liebe, die machtvoll zu strömen begann wie der junge Nil, der zur Zeit des Hochwassers über die Ufer tritt.

7

Bereits seit über einer Stunde waren alle Handwerker des Tempels von Karnak an der Arbeit. Sie hatten den Auftrag für eine bedeutende Grabeinrichtung erhalten, für zahlreiche Statuen und etwa zehn Stelen. Ramses der Große, einer der größten Erbauer der ägyptischen Geschichte, ließ die Tempel vom Norden bis zum Süden des Landes verschönern. Er hatte sogar zwei Heiligtümer auf der nubischen Stätte Abu Simbel errichten lassen, eines für ihn selbst, das andere für die große königliche Gattin Nefertari.

Erregt stürzte der Aufseher in das Büro des Geometermeisters.

»So etwas habe ich noch nicht erlebt!«, rief er heiser. »Seit einer Stunde laufe ich durch alle Werkstätten ... Ich habe sogar ein zweites Mal gesucht ... er ist unauffindbar!«

»Von wem sprecht Ihr?«, fragte der Meister.

»Von Eurem Lieblingsschüler Kamose natürlich!«

»Ich habe keinen Lieblingsschüler«, berichtigte der Geometer. »Kamose ist einfach der begabteste von allen. Wenn er nicht bei der Arbeit ist, dann ist er krank.«

»Er ist nicht in seinem Zimmer. Das habe ich überprüft.«

»Hat Euch keiner seiner Kameraden Auskunft geben können?«

»Ihr wisst genau, dass Kamose ein scheuer, einzelgängerischer Junge ist. Er hat sich niemandem anvertraut. Aber das ist mir egal. Ich verlange, dass die Vorschriften durchgesetzt werden. Jeder, der zu spät kommt, muss bestraft werden, wenn er keinen triftigen Grund hat, wer immer es auch ist. Der einzige triftige Grund ist Krankheit. Das ist nicht der Fall.«

»Ihr habt Recht«, räumte der Geometer ein. »Bringt ihn zu mir, sobald er in die Werkstatt kommt.«

Kamose konnte nicht mehr schlafen und nicht mehr essen. Er hatte nur noch einen Gedanken im Kopf: die junge Priesterin wiederzusehen, die die Braut des Nil in den Fluss geworfen hatte. Die Liebe, die er für sie empfand, wuchs mit jeder Sekunde und wurde immer mächtiger, umfassender.

Während der drei Festtage hatte Kamose versucht, sie wiederzusehen.

Vergeblich.

Die Hathor-Priesterinnen hatten sich in den Tempel von Deir el-Bahari begeben, der von der berühmten Pharaonin Hatschepsut zu Ehren Hathors errichtet worden war. Zu

Recht hatte der Tempel seinen Namen erhalten: Erhabener der Erhabenen. Eine große, breite Rampe stieg hoch zum Felsen auf, kunstvoll ausgearbeitete Reliefs schmückten ihn und riefen die Bewunderung ihrer Betrachter hervor. Ein tiefes Gefühl der Erhebung erfasste jeden, der den Tempel besuchte.

Aber Kamose konnte nicht in die blühenden, mit Weihrauchbäumen bepflanzten Gärten gelangen.

Auch zu diesem Tempel war Laien der Zugang verboten. So war Kamose trotz der brennenden Sonne die Felsen bis zu einem hohen Sporn emporgestiegen, von dem aus er auf den Tempel hinuntersehen konnte. Er hatte gehofft, die Priesterinnen von hier oben entdecken zu können. Aber Säulen und Vorhallen schützten sie vor jedem Blick von außen.

Schließlich zeigten sie sich ihm doch, als die Priesterinnen den Tempel von Deir el-Bahari verließen, um den Fluss zu überqueren und sich wieder nach Karnak zu begeben. Kamose folgte ihnen.

Er konnte sich ihnen aber nicht nähern. Die oberste Priesterin war ganz besonders streng, was den Umgang der jungen Priesterinnen betraf.

Allerdings gelang es Kamose, mit dem Führer der Aufseher zu sprechen, die über ihre Sicherheit wachten. So erfuhr er, dass die, in die er sich unsterblich verliebt hatte, auf den Namen Nofret hörte, »die Schöne«.

Obwohl das Fest beendet war, irrte Kamose die ganze Nacht durch die Straßen Thebens. Seine Schritte führten ihn immer wieder zum Tempel, zu den gewaltigen Bauwerken, deren Größe den Göttern entsprach, und zu jener Umfassungsmauer, die die Geheimnisse vor den Laien verbarg.

Jene Umfassungsmauer, innerhalb derer die Frau lebte, die er liebte.

»Da bist du ja endlich, Kamose. Aber in was für einem Zustand ...«

Als Kamose nach wenigen Stunden schweren Schlafs aufgewacht war, stand die Sonne bereits hoch am Himmel. Er hatte den Schutz der Palme verlassen, unter der er trunken vor Müdigkeit niedergesunken war, und sich rasch zu seiner Werkstatt begeben, wo der Aufseher ihn zornig erwartete.

Er drohte dem jungen Mann mit seinem Stock und führte ihn sofort ins Büro des Geometers.

Mit seinen verquollenen Augen und verknittertem weißen Gewand machte Kamose einen kläglichen Eindruck.

»Äußere dich«, forderte der Geometermeister.

»Ich habe verschlafen ... Das ist doch nicht so schlimm. Andere haben diesen Fehler auch schon begangen. Ich werde mit zwei oder drei Tagen Frondienst bestraft und muss die Werkzeuge meiner Kameraden säubern. Das schreckt mich nicht.«

»Du kennst dich in den Vorschriften gut aus«, räumte der Geometer ein. »Sie werden in aller Strenge angewandt.«

»Warum sollte es anders sein? Ich gehe wieder an meine Arbeit. Ich muss mit dem Behauen einer Statue anfangen.«

»Warte einen Augenblick ... Hast du mir nichts weiter zu sagen?«

Der junge Mann zog sich in sich zurück.

»Nein, nichts weiter.«

»Du lügst immer noch genauso schlecht, mein Junge. Ich kenne deine fixe Idee: Du willst in den geschlossenen Tempel eindringen. Während der drei Festtage hattest du natürlich Kontakt zu Menschen, die dort leben. Ich vermute, du hast dir schon zu helfen gewusst, um Informationen zu bekommen.«

»Ja und nein ... nichts wirklich Interessantes.«

»Nichts ... und niemand?«

Kamose zögerte. Fast wollte er sich anvertrauen, zog es aber vor, zu schweigen. In seinem Kopf und seinem Herzen herrschte ein solcher Sturm, dass er sich nicht in der Lage fühlte, seine Gedanken klar auszudrücken.

»Nichts und niemand.«

Der Geometer schwieg eine Weile. Auch er schien zu zögern.

Kamose fragte sich, warum.

»Geh wieder an die Arbeit, Kamose«, befahl der Meister schließlich.

Die Lese hatte eine große Menge Trauben eingebracht. Junge Männer und Frauen hatten sie vergnügt mit den Füßen in großen Bottichen gekeltert. Nachdem die Arbeit beendet war, schenkten die Winzer Wein des vergangenen Jahres aus, der in großen Tonkrügen kühl gehalten worden war.

Kamose hatte den Fischer, der ihn nach Theben gebracht hatte, unter eine Laube eingeladen. Immer wieder äußerte der Mann bewundernd, wie sehr der junge Bauer sich verändert habe.

»Du wirkst stark und gut genährt! Es heißt, du seist ein hervorragender Handwerker geworden, der fähig ist, Statuen zu meißeln.«

»Das stimmt. Wie geht es meinen Eltern?«

»Schlecht. Setek beutet sie aus. Er schläft, isst und trinkt. Nach all den Gefahren, denen er sich ausgesetzt hat, genießt er jetzt das Leben, wie er sagt. Dein Vater ist oft krank. Wenn er zu erschöpft ist, arbeitet deine Mutter für zwei. Aber keiner von beiden beklagt sich. Durch mich wissen sie, dass bei dir alles gut geht. Das erfreut ihr Herz. Sie würden dich so gerne sehen ...«

»Ich habe ein Gelübde abgelegt«, erklärte Kamose, »und ich werde es nicht brechen. Ich kehre erst ins Dorf zurück, wenn ich sie vom Joch dieses verfluchten Helden befreien kann.«

»Begrabe deine Illusionen ... Hast du eine Möglichkeit gefunden, das Kataster einzusehen?«

Kamose musste seinen Misserfolg einräumen.

»Kehr heim, Kamose, kehr heim ... Du hast jetzt einen Beruf. Bei uns wirst du ein berühmter Tischler werden und deine Eltern schon allein durch deine Anwesenheit in ihrer Nähe glücklich machen. Du wirst dir ein Vermögen erwerben und kannst sie so vielleicht Seteks Einfluss entziehen.«

Kamose trank ein Glas kühlen Wein und hielt den Blick gesenkt.

»Nein ... Ich kann nicht. Ich habe ein Gelübde abgelegt.«

»Du bist der Einzige, der das weiß. Du hast weder bei deinem Leben noch bei dem deiner Eltern noch in Gegenwart der Götter geschworen.«

Wie konnte Kamose gestehen, dass er Theben wegen einer jungen Frau namens Nofret nicht verlassen konnte, ohne die sein Leben von nun an keinen Sinn mehr hatte? Wie konnte er diese Liebe und die Befreiung seiner Eltern miteinander vereinen?

Auf diese Fragen gab es nur eine Antwort.

Nur eine Antwort, deren Umsetzung unmöglich war: in den geschlossenen Tempel eindringen.

8

Kamose durchlebte quälende Wochen.

Seine Eltern brauchten ihn, und er brauchte die Nähe einer Unbekannten, die nichts von ihm wusste. Verfolgte er nicht ein Ideal, das er nie erreichen würde? Klammerte er sich nicht an einen Traum, der nie Wirklichkeit werden würde?

Kamose wandte das einzige Mittel an, das er kannte: arbeiten. Unter dem kritischen Auge des Geometers vervollkommnete er seine Fähigkeiten mit überraschender Geschwindigkeit. Bald bargen Stein und Holz keine Geheimnisse mehr für ihn. Aber der junge Mann blieb weiterhin scheu. Er arbeitete beharrlich, beeindruckte seine Kameraden und führte ausschließlich berufliche Gespräche mit dem Geometer.

Nachts ging er in dem Teil des Tempels spazieren, der Handwerkern seines Rangs zugänglich war. Er betrachtete die Außenseite der Steinmauer und versuchte, eine Unvollkommenheit oder einen Spalt zu finden. Aber sie war von hervorragenden Baumeistern errichtet worden, die beim Bau dieser unüberwindlichen Grenze zwischen der heiligen Welt des Tempels und der Welt der Menschen nicht den geringsten Fehler begangen hatten.

Seine Geduld und Wachsamkeit wurden jedoch belohnt.

Einen Monat nach der Feier des Rituals beobachtete Kamose bei Einbruch der Nacht eine Prozession von etwa zwanzig Hathor-Priesterinnen, die gerade den überdachten Tempel verließen. Ihr Dienst war vollbracht, und sie begaben sich in ihre Wohnstätten in Theben.

Unter ihnen war Nofret.

In ihrem Haar eine Lotosblüte.

Kamose wollte ihr nachstürzen, aber der Stock des Aufsehers versperrte ihm den Weg.

»Keinen Schritt weiter, mein Junge. Ich habe dich schon lange im Auge. Heute Abend versiehst du Bereitschaftsdienst in der Werkstatt. Ausgang verboten!«

Dem jungen Mann kochte das Blut in den Adern. Er verspürte das Bedürfnis, sich zu schlagen, den Aufseher zur Seite zu drängen.

Doch würde er so handeln, würde er aus der Zunft ausgeschlossen werden und niemals Zugang zum Tempel erhalten.

Kamose hatte keine Wahl. Er gehorchte.

Da er bereits über große Erfahrung verfügte, wurde er vom Geometer beauftragt, die ersten Schritte der neuen Lehrlinge zu beaufsichtigen. Diese Aufgabe war ihm zunächst langweilig erschienen, sie hielt aber eine wunderbare Überraschung für ihn bereit.

Als er in Gesellschaft eines vierzehnjährigen Jungen, dem er den Umgang mit dem Kupfermeißel beibrachte, zu Mittag aß, bot ihm dieser frische, süß schmeckende Zwiebeln an.

»Sie kommen vom Feld meiner Eltern. Ich habe sie selbst gepflanzt. Diesmal hat meine große Schwester sich geweigert, mir zu helfen. Seitdem sie in den Tempel aufgenommen wurde, ist sie so eingebildet!«

»Gehört sie zu den Hathor-Priesterinnen?«

»Nein«, antwortete der Lehrling. »Sie ist Flötenspielerin. Bei jeder Zeremonie wird sie einberufen.«

»Sie kennt sie also gut ...«

»Ich hab keine Ahnung. Das sind Mädchensachen ...«

»Wo wohnst du?«

»In einem Bauernhof am Ende des Viertels der Händler, in der Nähe des Tempels von Montu.«

Ungeduldig erwartete Kamose seinen freien Tag. Früh am Morgen verließ er sein Zimmer, durchquerte den Teil des Tempels, der den Handwerkern vorbehalten war, und begab sich in die Gassen des Händlerviertels von Theben.

Bauern und Bäuerinnen breiteten Matten auf dem Boden aus, auf die sie ihre Waren legten. Bald schon würden zahlreiche Kunden erscheinen. Aber der junge Mann beachtete das neben ihm ausgebreitete Obst und Gemüse nicht. Er ging raschen Schrittes weiter, da er es eilig hatte, zu dem Bauernhof zu kommen, in dem die Flötenspielerin lebte.

Es war nicht schwierig, ihn zu finden. Während die Bauern in den Speichern arbeiteten, aalte sich die junge Musikerin am Rand eines Beckens mit kühlem Wasser.

Sie hatte geschminkte Augen, eine von der Sonne gebräunte Haut und trug nur ein Karneolhalsband und einen Schmuckgürtel unterhalb des Nabels.

»Ich bin Handwerker im Tempel von Karnak«, erklärte Kamose. »Bist du Flötenspielerin bei den Hathor-Priesterinnen?«

Das junge Mädchen lächelte ihn an.

»Hast du mich gesucht?«

»Dein Bruder arbeitet mit mir. Er glaubt, du könntest mir helfen.«

»Auf welche Weise?«

»Ich würde gerne eine junge Priesterin treffen, und zwar die, die zuletzt das Ritual der Braut des Nil vollzogen hat.«

Die Flötenspielerin schien enttäuscht. Sie wandte den Blick von Kamose ab und betrachtete die Wasserfläche, die sich im leichten Wind kräuselte.

»Warum interessierst du dich für sie?«

»Ein Familienproblem«, log der junge Mann. »Ich weiß, dass sie Nofret heißt. Aber mir scheint, sie ist die Tochter einer adligen Familie, und ich weiß nicht, wie ich in Kontakt zu ihr kommen kann, um ihr mein Gesuch vorzubringen.«

»Du hast nicht die geringste Chance«, offenbarte ihm die Flötenspielerin. »Nofret ist tatsächlich die Tochter von Adligen. Ihr Vater ist einer der wichtigsten Männer von Theben. Sie wurde vor kurzem in den geschlossenen Tempel aufgenommen. Sie hat eine Ausbildung als Schreiberin erhalten und praktiziert bereits die heiligen Wissenschaften. Du müsstest schon mindestens der Weise Imhotep sein, damit sie dich eines Blickes würdigt! Vergiss sie. Es gibt andere Mädchen, die dich für schön und gut gebaut halten werden.«

»Ich habe zu arbeiten. Danke für deine Hilfe.«

Kamose ging wieder, und die junge Musikerin sah ihm nach. Sie bedauerte ihn. In die schöne Nofret verliebt zu sein würde ihm nur Leid und Enttäuschung bringen.

Der Geometermeister konnte stolz auf seine Schüler sein. Sie hatten die Gesetze, die er ihnen beigebracht hatte, verstanden und eingehalten. Die vom Hof in Auftrag gegebene Grabeinrichtung würde nicht den geringsten Makel aufweisen.

Mehrere junge Männer waren passable Handwerker. Manche hatten persönliches Talent. Der begabteste jedoch war und blieb Kamose.

Dieser wurde immer düsterer und verschlossener, und seine Kameraden machten sich allmählich Sorgen. Mehrfach hatte der Aufseher seinen Ausschluss gefordert. Er fürchtete, Kamose könne eines Tages einen schweren Fehler begehen, dessen Schmach auf die gesamte Zunft zurückfiele. Sollte sich Kamoses Charakter weiter verschlechtern, das wusste der Geometer, so müsste er Maßnahmen ergreifen, die er schon jetzt bedauerte. Aber sein Amt untersagte ihm, diesen oder jenen Schüler vorzuziehen.

Ein Vorfall brachte ihn auf eine Lösung. Als der Verwalter des königlichen Palastes das Mobiliar in Empfang nahm, bemerkte er einen Stuhl mit rechteckigem Rücken, dessen Eleganz ihn begeisterte. Entgegen der Sitte, nach der allein der Name des Meisters anerkannt wurde und nicht der seiner Schüler, erwähnte der Geometer Kamose als einen außergewöhnlichen Schüler. Der Verwalter, der die Strenge seines Gesprächspartners kannte, war über dieses Urteil sehr überrascht. Er merkte sich den Namen des jungen Mannes und nahm sich vor, im königlichen Palast über den Vorfall zu sprechen.

Der Meister rief Kamose zu sich. Dessen Sorgen belasteten ihn so, dass er mit siebzehn Jahren älter wirkte, als er war.

»Das Fest der Braut des Nil ist dir nicht bekommen, mein Junge. Ich habe den Eindruck, dass es nicht alle deine Wünsche befriedigt hat.«

Kamose schwieg.

»Der Aufseher beklagt sich über dich, Kamose. Er will, dass du gehst, und verfasst zu diesem Zweck einen Bericht nach dem anderen.«

»Was wirft man mir vor?«, fragte Kamose.

»Deinen unbeugsamen, verschlossenen Charakter. Deine Weigerung, Kontakt zu deinen Kameraden zu knüpfen. Deine verächtliche Haltung anderen gegenüber.«

»Ich verachte niemanden. Ich bin hier, um zu arbeiten und Euren Befehlen zu gehorchen.«

Der Geometer hatte keine Wahl mehr. Kamose war hart wie Granit. Er würde nicht aufblühen, bevor er nicht sein Ziel erreicht hatte. Er befand sich in einer Sackgasse und würde sich am Ende, wenn er jegliche Hoffnung verloren hatte, selbst zerstören. Es gab nur einen Weg – man musste sein Schicksal ändern, und folglich Risiken eingehen.

»Wenn meine Gegenwart Euch unangenehm ist und Euch schadet, dann gehe ich freiwillig«, verkündete der junge Mann nun.

»Ich werde mir von einem Aufseher nicht vorschreiben lassen, wie ich mich zu verhalten habe«, gab der Geometer barsch zurück. »Ist es noch immer dein Wunsch, in den geschlossenen Tempel zu gelangen?«

Kamoses Blick begann sich zu erhellen. Der Geometer erkannte darin eine wahnwitzige Hoffnung.

»Wenn du weiter mit mir arbeitest«, erklärte der Meister, »so wirst du viele Jahre brauchen, bis du eine Stelle mit großer Verantwortung übernehmen kannst. Du wirst durch ganz Ägypten reisen müssen, unsere Provinzen kennen lernen und alle Techniken lernen müssen. Erst dann wirst du vielleicht von jenen im geschlossenen Tempel berufen ... Aber diese Geduld wirst du nicht haben.«

»Ich habe nicht das Recht, sie zu haben«, antwortete Kamose traurig.

»Somit bleibt nur ein einziger Weg«, schloss der Geometermeister. »Aber dafür brauche ich dein Einverständnis.«

Kamose hatte volles Vertrauen in den rechtschaffenen Mann, der ihm so viel beigebracht hatte. Und doch hatte er Angst.

»Wenn du deine Absicht nicht aufgibst, musst du Schreiber werden.«

Kamoses letzte Illusionen wurden zunichte gemacht.

»Ich kann mit meinen Händen arbeiten«, sagte er mit gebrochener Stimme, »aber ich kann weder lesen noch schreiben.«

»Das wirst du lernen. Da du es eilig hast, liegt hierin ein Risiko. Ich werde dich einem Mann übergeben, der zahlreiche Schreiber ausgebildet hat. Aber er ist unerbittlicher, als ich es jemals war.«

9

Kamose gab dem Geometer Meißel, Hammer und Dechsel zurück, die er benutzt hatte.

»Hier sind meine Werkzeuge«, sagte er. »Sie gehören mir nicht. Sie gehören der Zunft.«

»Behalte sie, du hast dich ihrer nicht unwürdig gezeigt. Du wagst nun das schwierigste aller Abenteuer. Deine Werkzeuge werden dir noch nützlich sein. Sie werden auf ewig deine Freunde bleiben.«

»Ich ... Ich würde Euch gern ...«

»Keine unnötigen Worte. Ich habe meine Pflicht getan. In dir brennt ein Feuer, Kamose. Du solltest lernen, es zu beherrschen. Meine Kenntnisse reichen nicht mehr aus, dir zu helfen. Werde Schreiber!«

Der Geometer umarmte seinen Schüler feierlich.

Mit einem Kalksteinplättchen versehen, auf das der Geometer ein paar Zeilen geschrieben hatte, wurde Kamose vom Aufseher in das Büro der Schreiber geführt. Dieses lag zwischen der äußeren Umfassungsmauer des Tempels von Amun-Re, dem König der Götter, und der Umfassungsmauer des geschlossenen Tempels.

Der Aufseher vertraute den jungen Mann einem Beamten an, der die auf den Kalkstein geschriebene Nachricht entzifferte.

»Du heißt Kamose und wirst empfohlen, um in die Schule des Alten einzutreten ... Hat man dich informiert?«

»Anscheinend ist er ein strenger Mann.«

Der Beamte sah Kamose mitleidig an.

»Ich verstehe ... Man hat dich offenbar wirklich nicht informiert. Bist du zu diesem Schritt gezwungen worden? Warum bleibst du nicht bei den Handwerkern?«

»Ich komme aus freiem Willen her und denke nicht daran, zurückzuschrecken.«

»Ganz wie du willst, junger Mann. Ich habe dich gewarnt.«

Der Beamte rief einen Schreiber herbei, der eine Kiste voller unbeschriebener Papyrusrollen trug. Er wies ihn an, Kamose zum Alten zu führen. Der Schreiber zuckte kurz zurück. Da er jedoch gewohnt war zu gehorchen, führte er den Befehl wortlos aus.

Kamose wagte nicht, ihm irgendeine Frage zu stellen. In dem Teil des Tempels, der den Handwerkern vorbehalten war, herrschte fröhliches Treiben, die Lehrlinge sangen bei der Arbeit, man hörte den Lärm der Werkzeuge. Hier dagegen herrschte Stille. Eine fast bedrückende Stille.

Kamose ging ein langes Stück die Umfassungsmauer des geschlossenen Tempels entlang. Er schritt durch mehrere schmale Türen, bog in dunkle Gänge ab, in die nur durch schmale, an der Decke angebrachte Öffnungen Licht drang.

Dann war er wie geblendet. Der Weg führte unter freiem Himmel, zwischen zwei Gebäuden hindurch und man sah in der Ferne das Ende eines Sees, in dem Priester ihre Waschungen vornahmen. Kamose wäre gerne stehen geblieben, aber der Schreiber schritt in gleichmäßigem Tempo voran, ohne sich umzudrehen.

Schließlich erblickte Kamose den Teil des Tempels, in dem sich die Wohnstätten und Büros der Schreiber befanden. Zahlreiche, sichtlich sehr beschäftigte junge Männer liefen dort umher. Unter freiem Himmel unterrichtete ein Meister eine Gruppe von etwa zehn Schülern, die eifrig auf Kalkplättchen schrieben. Kamose trug noch seine lederne Handwerkerschürze. Mit nacktem Oberkörper wirkte er wie ein junger Koloss in einer Welt von Intellektuellen, die feine Kleidungsstücke trugen und deren Schultern schmaler waren als seine. Er war das Objekt herablassender Blicke.

»Hier ist es«, erklärte der Schreiber, der ihn geführt hatte. »Tritt ein und warte!«

Kamose betrat ein niedriges, einstöckiges Gebäude. Das Erdgeschoss bestand aus einem großen Büro, an dessen Wänden Regale standen, die mit Papyrusrollen angefüllt waren.

Im hinteren Teil des Raumes saß mit verschränkten Beinen ein Greis. In der rechten Hand hielt er eine Schreibbinse, die er in regelmäßigen Abständen in einen mit schwarzer Tinte gefüllten Becher tauchte. Er schrieb in senkrechten Spalten Hieroglyphen auf einen elfenbeinfarbenen Papyrus.

Einige lange Minuten blieb Kamose stehen und wusste nicht, wie er sich verhalten sollte. So sehr er sich unter den Arbeitern wohlgefühlt hatte, so angespannt und unruhig war er in dieser neuen Welt, deren Regeln er nicht kannte.

»Meister, ich heiße Kamose«, sagte er schließlich, »und mich schickt der Geometermeister ...«

»Ich weiß«, entgegnete der Alte. »Wenn du nichts Interessanteres zu berichten hast, dann kehre dahin zurück, wo du herkommst. Siehst du nicht, dass ich arbeite?«

Der Alte war wirklich sehr alt und sein Schädel völlig kahl. Sein von tiefen Falten durchzogenes Gesicht wirkte sehr streng. Die knotigen Finger hatten eine bemerkenswerte Beweglichkeit bewahrt. Der Bauch bildete Falten, die den Alten nicht im Geringsten daran hinderten, stundenlang in der traditionellen Haltung der Schreiber zu verharren.

Kamose war ebenso fasziniert wie verängstigt.

»Ich ... Ich möchte den Beruf des Schreibers lernen«, stammelte er schwach.

»Den des Redners kannst du schon mal aufgeben. Warum willst du Schreiber werden?«

»Um ... Um lesen und schreiben zu können.«

»Was hat das schon zu sagen! Es gibt da draußen gewiss hundert mittelmäßige Söhne von Adligen, denen das von mittelmäßigen Lehrern beigebracht wird. Für so etwas verschwende ich nicht meine Zeit.«

Kamose verlor den Boden unter den Füßen. Er musste ein Argument finden, um den abweisenden Greis zu überzeugen.

»Ich wollte immer Schreiber werden ... Es heißt, das sei der herrlichste aller Berufe und würde ...«

»Schluss mit dem Unsinn«, unterbrach ihn der Alte. »Mir graut vor Lügnern.«

Endlich hob der alte Schreiber den Blick zu Kamose. Er musterte ihn wie ein Jäger seine Beute.

»Genau wie ich mir dachte ... Ein junger Bauer ohne Bildung, der sich für stärker hält als alle anderen, nur weil er mit drei Werkzeugen umgehen kann.«

»Ich habe mein Meisterstück abgeliefert«, wandte Kamose ein.

»Und dabei vergessen, dass eine Sphinx immer das Gesicht des Pharao trägt. In der Tat eine schöne Leistung!«

»Woher wisst Ihr ...«

»Ich verlasse dieses Büro nie und weiß doch über alles Bescheid. Merk dir das. Wenn du versuchst, zu tricksen und dich zu verstellen, werfe ich dich auf der Stelle hinaus.«

Der Alte stieß eine Art missbilligendes Murren aus.

»Du willst nicht Schreiber werden, junger Kamose, du willst in den geschlossenen Tempel hineinkommen. Wahrscheinlich eine dumme Wette mit dir selbst. Und außerdem bist du wie alle Dummköpfe deines Alters bestimmt verliebt, was die Sache nicht besser macht.«

»Meine Gefühle ...«

»Deine Gefühle existieren nicht mehr, sobald du dieses

Büro betrittst. Es ist deine Entscheidung. Wenn du willst, dass ich einen Schreiber aus dir mache, so wirst du dich beugen müssen. Ich habe zu viele Schüler. Wäre der Geometermeister nicht schon lange mein Freund, so hätte ich auf sein Gesuch nicht einmal geantwortet. Dein Fall interessiert mich nicht. Er ist sicherlich kompliziert. Den Weg der Handwerker zu verlassen, um den der Schreiber einzuschlagen, erfordert außergewöhnliche Fähigkeiten. Es ist höchst unwahrscheinlich, dass du über sie verfügst. Auf jeden Fall werde ich nicht lange brauchen, um es herauszufinden. Solltest du einer jener Streber sein, die man mir häufig schickt, so werde ich dich bald brechen wie dürres Holz.«

Während der Alte sprach, hatte er nicht aufgehört, mit sicherer Hand Hieroglyphen zu schreiben.

Die magischen Zeichen bildeten jetzt mehrere, vollkommen regelmäßige Spalten.

»Ich will Schreiber werden«, erklärte Kamose nachdrücklich.

10

Kamoses erste Arbeit bestand darin, das Büro des Alten auszufegen und selbst kleinste Staubspuren daraus zu entfernen. Der junge Mann musste seine Aufgabe völlig geräuschlos erledigen und durfte den Alten dabei keinesfalls stören.

Es war eine harte Prüfung. Sie lehrte Kamose, wie wichtig peinliche Sorgfalt ist, und zwang ihn, die Wutanfälle, die ihn zu überkommen drohten, im Keim zu ersticken.

Nach einer Woche dieses Frondienstes rief der Alte den jungen Mann zu sich.

»Du hast bereits Hieroglyphen in Stein gemeißelt. Welche waren das?«

»Eine Biene und ein Schilfrohr.«

»Kennst du deren Bedeutung?«

»Nein.«

»Das Schilfrohr ist das Symbol des Pharao als König von Oberägypten. Diese Hieroglyphe spielt mit der Wurzel, die ›er‹ bedeutet. Der König ist kein ›ich‹, kein Individuum, das nur nach seinem Vergnügen regiert. Er ist derjenige, in dem das gesamte Volk vereint ist, um mit den Göttern in Verbindung zu treten.«

»Und … die Biene?«

»Die Biene ist das Symbol des Pharao als König von Unterägypten«, erklärte der Alte. »Die Biene ist der Geometer, der dank seiner Kenntnisse über die Proportionen die Stätte errichtet, an der der Honig gemacht wird, das flüssige Gold, die königliche Nahrung. Der Pharao ist der Baumeister des Königreichs, das er mit seinen Wohltaten nähren muss.«

Vor Kamose öffnete sich eine bisher ungeahnte, unermessliche Welt.

»Besteht in diesen Kenntnissen die Wissenschaft der Schreiber?«

»Die meisten von ihnen sind nur Beamte ohne innere Überzeugung«, erwiderte der Alte. »Sie sind mit Verwaltungsaufgaben betraut, die ihr Leben ausfüllen. Was ich dich lehre, ist das Geheimnis der Hieroglyphen. Es reicht nicht aus, lesen und schreiben zu können. Man muss die Bedeutung der Worte verstehen, die uns die Götter offenbart haben. Unsere Sprache ist heilig. Sie ähnelt keiner anderen. Wer sie zu handhaben weiß, hat Macht über die Lebewesen und Dinge. Aber diese Macht darf er nicht missbrauchen. Sonst löst er den Zorn des Thot aus, des Gottes der Schrift.«

»Birgt jede Hieroglyphe ein Geheimnis?«

»Jede Hieroglyphe ist ein Symbol, das du mit dem Herzen verstehen lernen musst. Durch das Lesen kann sie zu einem Klang werden. Durch das Schreiben bildet sie deine Hand und macht sie klug.«

»Wenn ich es schaffe, Euch zufrieden zu stellen, werde ich dann in den geschlossenen Tempel eintreten?«

»Mich zufrieden zu stellen hat keinerlei Bedeutung«, erklärte der Alte ungehalten. »Beginne damit, das Alphabet zu lernen und es von rechts nach links, von links nach rechts und von oben nach unten zu schreiben.«

Kamose erhielt von dem Alten etwa hundert kleine Kalksplitter, auf denen er übte.

Die ersten Versuche waren katastrophal, doch der junge Mann machte verbissen weiter. Die Eule hatte zu lange Füße, der Falke einen zu stark gespaltenen Schnabel, das Wachtelküken einen zu schmalen Kopf. Der Alte überließ ihn einen ganzen Tag seinen Fehlern. Dann verbesserte er hier und da einen Strich, ohne den geringsten Kommentar abzugeben.

Kamoses Geist begriff allmählich, seine Hand mühte sich. Dann begann sie, alleine zu arbeiten. Sie wurde verständig. Nicht über den Verstand, über das Herz hatte sie begreifen gelernt.

Als Kamose dem Alten ein tadellos gezeichnetes Alphabet zeigte, strahlte er mit berechtigtem Stolz.

»Du weiß noch nichts«, bemerkte der Alte, »und lernst eher langsam. Wenn du weiterhin nichts tust, kehrst du wieder aufs Land zurück. Hier ist eine Liste mit Hieroglyphen, die du zeichnen und auswendig lernen sollst. Stell dir beim Zeichnen Fragen zu ihrer Bedeutung. Es gibt keinen anderen Weg, als sie über das Herz zu lernen.«

Gekränkt und wütend sank Kamose in der Ecke des Büros in sich zusammen, wo er über eine einfache Matte zum Schlafen verfügte. Er ging nur zwei Stunden am Tag hinaus, um sich ein wenig Bewegung zu verschaffen und sich kärglich von Brot, Obst und Wasser zu ernähren.

Die Aufgabe, die ihm der Alte aufzwang, war fast übermenschlich. Sie erforderte beträchtliche Konzentrations- und Gedächtnisanstrengungen.

Als er einen Krampf in der Hand bekam, wurde Kamose bewusst, dass er keine Zeit mehr hatte, an Nofret oder seine Eltern zu denken. Und doch blieben seine Gefühle bestehen. Weder seine Liebe noch sein Kummer hatten an Stärke verloren.

Plötzlich aber durchzog ihn ein schrecklicher Zweifel.

Wenn dieser ganze Aufwand an Energie nutzlos wäre? Führte der Weg, den er eingeschlagen hatte, nicht in eine Sackgasse? Der Alte hatte ihm nichts versprochen. Vielleicht würde es ihm nie gelingen, in den geschlossenen Tempel vorzudringen. War er nicht zum Sklaven eines Tyrannen geworden, der aus ihm einen blind ergebenen Sekretär machen würde, der sein Leben lang nur Texte abschreibt, von denen er nicht das Geringste versteht?

»Anstatt dich von stumpfsinnigen Gedanken ablenken zu lassen, tätest du besser daran, weiterzulernen«, unterbrach der Alte sein Grübeln. »Ich habe den Eindruck, du hast vergessen, deine Gefühle außen vor zu lassen.«

»Das ist nicht möglich ... Irgendwann kommen sie wieder. Was Ihr verlangt, ist unmenschlich!«

»Die Hieroglyphen sind die Sprache der Götter, nicht der Menschen. Sonst gäbe es Ägypten schon lange nicht mehr. Unsere Kultur existiert nur durch ihre heilige Sprache, Kamose. Alles ist Hieroglyphe, alles ist lebendes Symbol, vom Tempel als Ganzem bis zum Insekt. Wenn du eine Heuschrecke zeichnest, stellst du die Seele des Pharao dar, die zum Himmel springt und die Entfernung zwischen Erde und Paradies aufhebt.«

Die Worte des Alten waren einleuchtend. Aber sie vertrieben weder die Liebe noch den Kummer.

»Was hast du auf diesen Kalksplitter gezeichnet?«

»Eine Vase«, antwortete Kamose.

»Du wirst sie häufig in den Texten der Weisen finden. Was glaubst du, warum? Handelt es sich wirklich nur um eine Vase?«

Kamose zögerte.

»Es ist ein Behältnis ...«

»Es ist sogar das wichtigste Behältnis«, fügte der Alte hinzu. »Es handelt sich um das Herz, Kamose, um deine Fähigkeit, das Wesentliche und das Wahre zu empfinden. Die Beschaffenheit deines Herzens hängt davon ab, was du in die Vase hineinlässt, die es symbolisiert. Ist es eine bittere Flüssigkeit, so bist du neidisch und habgierig. Ist es der Honig der Biene, so gehörst du zur Rasse der Könige.«

»Der Könige? Aber es gibt doch nur einen Pharao ... Und man muss seiner Familie angehören, um ihm nachzufolgen.«

»Wenn unsere Pharaonen aufgrund ihrer Familienzugehörigkeit erwählt worden wären, wäre unsere Kultur schon lange untergegangen. Sieh dir die Schreiber an, die ihr Amt von ihrem Vater ererbt haben! Die meisten sind unfähig. Es stimmt, es gibt nur einen Pharao, aber er ist das Vorbild des Königtums für die, die ihr Leben bewusst leben wollen.«

Kamose empfand eine neue Art Ergriffenheit. Eine bisher unbekannte Klarheit durchdrang ihn.

»Was du ersehnst, ist sehr schwer zu erlangen, mein Junge. Die Zeit ist gekommen, mir zu vertrauen. Warum wünschst du, so schnell in den geschlossenen Tempel zu gelangen?«

Kamose wollte nicht länger schweigen.

»Meine Eltern sind Opfer eines Unrechts geworden. Ein Soldat, der aus Asien zurückgekommen ist, hat uns mit Billigung des Pharao Haus und Besitz gestohlen. Ich bin überzeugt, dass es sich um einen Irrtum des Katasters handelt. Ich möchte Zugang zum Katasteramt erlangen, um das zu beweisen und meinen Eltern zurückzugeben, was ihnen gehört.«

Der Alte kratzte sich am Kinn. Er war unschlüssig.

»Du bist ganz entschieden ein besonderer Fall«, räumte er ein. »Das Kataster ist ein strenges Amt, dem erprobte, höchst gewissenhafte Fachleute angehören. Streitfälle sind selten. Gewöhnlich handelt es sich um unehrliche Bauern, die nach dem Hochwasser Grenzsteine versetzen. Die Wahrheit kommt dann schnell ans Licht. Ich weiß, dass Ramses der Große alte Soldaten, die ihm in Asien treu gedient haben, mit Privilegien ausstattet, aber er bringt nicht die Kleinbauern um ihren Besitz.«

»Was ratet Ihr mir?«

»Geduld und Arbeit. Die Gerechtigkeit setzt sich immer durch.«

»In dieser Zeit leiden meine Eltern. Sie können nur auf mich zählen, um ihrer Sache zum Sieg zu verhelfen. Ich kann nicht mehr ... Ich fühle mich schuldig.«

»So kommst du nicht an dein Ziel. Absolviere deine Prüfungen und beantrage, in das Katasteramt aufgenommen zu werden.«

Der junge Mann fuhr auf.

»Ist das möglich?«

»Der Unterricht, den ich erteile, ist der anspruchsvollste von allen. Aber er ermöglicht dir, in einem Jahr zu lernen, was sich gewöhnliche Schüler mühsam in fünf Jahren erarbeiten. In weniger als zwei Monaten werde ich dich zu der ersten Prüfung schicken, die den Kandidaten auferlegt wird. Die anderen werden dich beneiden. Das ist deine einzige Chance.«

»Und danach?«

»Danach wird es weitere Prüfungen geben.«

»Wie viele?«

»Mehr als zehn, bevor du dich um eine Stelle als Fachmann im Katasteramt im geschlossenen Tempel bewerben kannst.«

»Wie viele Jahre muss ich lernen?«

»Das wird von dir abhängen. Außerdem musst du noch Astronomie, Geografie und Vermessungskunde lernen. Bist du dafür begabt? Ich weiß es nicht.«

»Und wenn ich es bin?«

»Wenn du hart arbeitest, brauchst du mindestens drei Jahre.«

Enttäuscht biss sich Kamose auf die Lippen. Die Verzweiflung drohte ihn zu überwältigen. Mindestens drei Jahre ... vielleicht fünf, vielleicht zehn, vielleicht scheitern.

Der Alte ließ seinen Schüler allein und kehrte an seine Arbeit zurück. Er schrieb an einem Abschnitt aus dem Totenbuch, der sich mit dem Wiegen der Seele beschäftigt. Die Seele des Gerechten wird unsterblich, die des Ungerechten wird von dem Ungeheuer verschlungen, das Zeit und Materie verkörpert.

Der Alte war sich sicher, dass Kamose ihm nicht alles gesagt hatte. Die Liebe zu seinen Eltern war offensichtlich. Aber er hegte nicht nur diese Liebe allein ...

Der Alte hätte eine Verwaltungsuntersuchung im Katasteramt veranlassen können. Aber die Sache schien ihm merkwürdig, fast fragwürdig. Und außerdem würde Kamose nur glauben, was seine Augen sehen würden. Folglich würde man anders vorgehen müssen.

Der Alte sah voraus, dass sich dramatische Ereignisse ankündigten.

II

Kamose hatte die Arbeit nicht aufgegeben.

Daher fand er sich bald unter etwa fünfzig Jungen wieder, die einberufen worden waren, um die erste Prüfung zur Befähigung des Schreiberamtes abzulegen. Sie fand in einem der Höfe des Tempels von Karnak statt. Kamose trug ein ganz schlichtes weißes Gewand, über dessen Nüchternheit ein paar der elegant gekleideten Jungen lächelten. Einer von ihnen näherte sich und sah Kamose herablassend an.

»Ich bin der Sohn des Bürgermeisters von Theben. Wer bist denn du?«

»Der Sohn von Geru und Nedjemet.«

»Ich kenne diese Adligen nicht. Wo befindet sich ihre Villa?«

»Sie besitzen keine Villa, sondern einen kleinen Bauernhof. Sie sind Bauern.«

Der Sohn des Bürgermeisters von Theben war verblüfft.

»Bauern ... Ja, wer hat dir denn erlaubt, hier zu sein? Diese Prüfung ist den Kindern von Adligen vorbehalten!«

»›Sprich nur mit Gelehrteren als du es bist‹, hat mir mein Lehrer empfohlen. Du wirst verstehen, dass ich dieses Gespräch abbrechen muss.«

Der Sohn des obersten thebanischen Beamten war zunächst stumm vor Entrüstung, dann packte ihn so heftige Wut, dass die Prüfungsschreiber auf ihn aufmerksam wurden.

Er beschwerte sich bei ihnen über das Verhalten dieses Bauern, der wohl irrtümlich zu der Prüfung zugelassen worden war.

Der junge Adlige musste klein beigeben. Kamose war nicht nur für befähigt erkannt worden, die Prüfung zu absolvieren, sondern trat sogar als Schüler des Alten an, des unnachgiebigsten aller alten Gelehrten von Karnak, von seinen Schülern ebenso gefürchtet wie von seinesgleichen. Ging nicht das Gerücht, der Alte habe Ramses den Großen höchstpersönlich zur Ordnung gerufen, als dieser die Hieroglyphen lernte?

Sofort begannen die anderen Kandidaten, Kamose neugierig zu mustern. Wie hatte dieser Bauernlümmel, der einer unbekannten, völlig mittellosen Familie angehörte, das Vertrauen des Alten gewinnen können?

Kamose, der es dank seiner Erfahrung als Handwerker gewohnt war, sich zu konzentrieren, ließ sich von dem Vorfall nicht ablenken. Er setzte sich in der Haltung der Schreiber, die Beine vor sich verschränkt, den Kopf leicht gesenkt.

Das Thema erwies sich als ausgesprochen schwierig. Zunächst sollte man einen Text in Spalten schreiben und ihn dann ohne die geringste Worthilfe übersetzen.

Einige Kandidaten verloren sofort den Mut. Andere wurden Opfer ihrer Hast. Kamose nahm sich Zeit nachzudenken. Statt sein Gedächtnis zu quälen, ließ er seine Intuition sprechen.

Einige Worte waren Kamose unbekannt. Er erschloss sich ihre Bedeutung aus dem Kontext. Als er seine Übersetzung noch einmal durchlas, musste er lächeln.

»Die Pferde müssen gut dressiert werden. Die Hausaffen lernen zu tanzen, die Hunde zu gehorchen. Die Schüler sind von Natur aus unwissend und undiszipliniert. Nur der, der jeden Tag lernt und die kleinen Aufgaben nicht vernachlässigt, wird stark. Ein einziger Tag der Nachlässigkeit genügt, und es kommt zur Züchtigung. Das Ohr des Schülers ist sein Rücken. Wenn er den Stock gespürt hat, wird er aufmerksamer. Er versteht, dass man nur vorankommt, wenn man mit seinen Meistern spricht. Mögen diese Worte vom Herzen gehört werden, und mögen sie von Nutzen sein!«

Die Prüfer gingen durch die Reihen und sonderten die Kandidaten aus, die den Anforderungen nicht genügten. Nur zehn blieben übrig, darunter Kamose. Man forderte ihn auf, sich zu erheben. Nach kurzem Warten wurde er vor eine Jury älterer Männer geführt.

»Was denkst du über den Text, den du übersetzt hast?«, fragte einer von ihnen.

»Er ist richtig und gut.«

»Du befürwortest also Stockschläge?«

»Wenn sie gerechtfertigt sind: ja.«

»Wann sind sie gerechtfertigt?«

»Wenn eine Aufgabe vernachlässigt wurde.«

»Bist du sicher, keine einzige vernachlässigt zu haben?«

Kamose spürte, dass er in der Falle saß.

»Ich habe versucht, meine Tätigkeit korrekt auszuüben.«

»Der Versuch allein reicht nicht aus. Ist dir in jeder Situation alles gelungen?«

Unmöglich, das zu bejahen. Kamose zog es vor, zu schweigen.

»Dein Schweigen ist vielsagend. Du gestehst deine Fehler ein. Du verdienst also Stockschläge. Auf die Knie!«

Einer der Schreiber kam mit einem Stock in der Hand auf ihn zu. Kamose sah ihm gerade in die Augen, dann kniete er nieder und wartete auf die ersten Schläge.

»Steh auf«, befahl der Prüfer. »Du hast noch viel zu lernen.«

Nur fünf junge Männer wurden als würdig erkannt, weiterführende Studien im Haus der Bücher zu betreiben. Auf diese Weise kam Kamose mit vier Söhnen von Adligen zusammen, die reiche Anwesen in Theben und große Landgüter besaßen. Einem von ihnen war das eigene Vermögen wie auch das von seinesgleichen gleichgültig, er begeisterte sich ausschließlich für Literatur. Er hatte die klassischen Autoren gelesen, kannte zahlreiche Gedichte auswendig und konnte stundenlang über den Unterricht der Weisen reden.

Aber er war schwach in Geometrie, was ein großer Nachteil war, wollte man königlicher Schreiber werden.

Ohne Hintergedanken bot Kamose ihm seine Hilfe an. Während ihrer dreiwöchigen Ausbildung wurden die beiden jungen Männer zwar nicht Freunde, aber ergänzten einander. Der junge Adlige war sehr redselig und fasste in wenigen Worten die berühmten Texte zusammen, von denen sich Kamose auf diese Weise das Wichtigste merken konnte. Kamose wiederum erklärte seinem Mitschüler einfache Methoden zum Erlernen der räumlichen Geometrie, die sein Meister ihm beigebracht hatte.

Bald jedoch würden die Schreiberlehrlinge sich trennen. Die jungen Adligen würden wieder nach Hause gehen und sich mit ihren Hauslehrern auf die nächsten Prüfungen vorbereiten. Kamose würde zum Alten zurückkehren.

»Hast du keine Familie?«, fragte ihn der junge Gebildete.

Kamose hatte die Frage erwartet und sich eine kühne Antwort zurechtgelegt. Eine Antwort, die ihm den Weg zum Glück eröffnen konnte.

»Meine Eltern wohnen in einer Provinz im Norden. Ich bin wegen Nofret hier.«

»Wegen Nofret, der neuen Hathor-Priesterin? Der Tochter von Richter Rensi?«

»Ganz genau.«

»Du genießt mächtigen Schutz. Mit deinem Talent für die Hieroglyphen ist dir deine Karriere sicher. Welchen Dienst im Tempel hast du dir erwählt?«

»Den im Kataster.«

Der junge Gebildete verzog missbilligend das Gesicht.

»Du verdienst etwas Besseres ... Im Kataster arbeiten viele alte pedantische Schreiber.«

»Und doch ist es schwierig, dort hineinzukommen, hat man mir gesagt.«

»Ja und nein ... Man braucht vor allem lange Erfahrung. Diejenigen, die es nicht geschafft haben, in der Hierarchie aufzusteigen, enden im Kataster.«

»Und doch ist es ein wichtiges Amt. Es wacht über alle Besitztümer aller Ägypter.«

»Du hast nicht Unrecht, aber dafür braucht man vor allem einen pedantischen Geist und eine leidenschaftliche Liebe für Archive.«

»Ich vermute, die Büros des Katasters befinden sich in Theben und werden streng bewacht.«

»In Theben? Sie sind hier in Karnak im geschlossenen Tempel! Ich glaube, es gibt keinerlei Wache. Die Umfassungsmauer reicht aus, die heiligen Orte zu schützen.«

»Bestimmt ist es unmöglich, den genauen Ort herauszufinden ...«

»Da täuschst du dich«, widersprach der junge Gebildete. »Das ist kein Geheimnis. Sie befinden sich im ersten Teil des geschlossenen Tempels vor dem großen Säulensaal.«

»Woher weißt du das?«, fragte Kamose erstaunt.

»Mein Vater hat vor einem Jahr Zugang erhalten. Er hat mir davon erzählt. Nach seinen Worten ist der Archivsaal fast immer menschenleer. Rechtsstreitigkeiten sind so selten ... Gewöhnlich werden sie an Ort und Stelle geklärt. Es kommt nur sehr selten vor, dass man dafür das Kataster einsieht.«

»In den geheimen Tempel einzudringen dürfte also nicht sehr schwer sein.«

»Täusch dich nicht! Dort herrscht die Zauberkraft der Eingeweihten. Sie weist jeden zurück, der nicht den Riten entsprechend zugelassen wurde. Versuche es niemals! Du wirst es mit deinem Leben bezahlen.«

»Ich verstehe das nicht«, gestand Kamose sorgenvoll.

Der junge Gebildete sah ihn verblüfft an.

»Du scheinst so unruhig ... Was ist los?«

»Warum ist der Zugang zu den Archiven des Katasters so schwierig?«

»Ich habe mich falsch ausgedrückt ... Im Tempel werden nur die Originale aufbewahrt. Die Abschriften sind im Schatzamt im Verwaltungsviertel inventarisiert. Aber warum interessierst du dich denn so für das Kataster? Das ist doch wirklich ein langweiliges Thema. Magst du nicht lieber mit mir das Märchen von Sinuhe lesen? Das ist ein so herrlicher Text voller unerwarteter Wendungen.«

»Aber gern!«

Die drei Ausbildungswochen waren beendet. Die Schreiberlehrlinge wurden getrennt.

Der Alte schrieb weiter an den Hieroglyphen des Totenbuchs, das der König bei ihm bestellt hatte. Kamose hätte seit zwei Tagen bei ihm sein sollen. Wenn einer seiner Schüler fehlte, rief der Alte sofort den Sicherheitsdienst des Tempels, der den Schuldigen suchte und ihn ohne Rücksicht auf Einwände zu seinem Lehrer zurückbrachte. Er erhielt dann eine dem Vergehen entsprechende Strafe. Dieses Mal unternahm der Alte keinerlei Aktion gegen den Schuldigen.

Alles verlief wie geplant.

12

Das Viertel der Ministerien wurde Tag und Nacht von der Polizei bewacht, aber sie war nachsichtig. Seit Jahrzehnten war es in Ägypten und seiner Hauptstadt sehr ruhig. Unter der Herrschaft von Ramses dem Großen erlebte die Bevölkerung glückliche Tage.

Die Aufseher, die mit der Bewachung des Schatzamtes betraut waren, schenkten der flüchtigen Silhouette, die zunächst durch eine am Ministerium vorbeiführende Gasse gehuscht war und dann von Terrasse zu Terrasse sprang, nicht die geringste Aufmerksamkeit.

Zwei Tage hatte Kamose damit verbracht, die genauen Informationen zu bekommen, die er brauchte. Er hatte die Einladung des jungen literaturbegeisterten Adligen angenommen und das Gespräch immer wieder mit Fragen nach der Außenstelle des Katasteramts unterbrochen.

Der junge Mann wusste, dass er Unrecht tat. Er hätte in den Tempel zurückkehren und dem Alten von seinem Unterricht berichten sollen. Aber die Gelegenheit war zu günstig. Mit ein klein wenig Glück würde er die Archive finden, die für sein Dorf zuständig waren, und den Fehler, der zum Unglück seiner Familie geführt hatte, belegen können.

Die Angst schnürte Kamose die Kehle zu. Würde sein Plan misslingen, so wären Stockschläge, Gefängnis und unehrenhafte Entlassung die Folge. Seine Eltern würden vor Kummer sterben.

Das Klettern schreckte den jungen Mann nicht. Er hatte vor, auf die Dächer zu schleichen und durch ein hoch gelegenes Fenster in die Ministerialbüros einzudringen. Er bewahrte ruhig Blut und verfuhr mit größter Langsamkeit, wobei er auf das geringste Geräusch achtete. Die Aufseher überwachten die Hauptzugänge und die von den Ministern und Würdenträgern benutzten Räumlichkeiten. Die Archive wurden weniger aufmerksam bewacht. Zweimal pro Nacht machte ein Aufseher einen Rundgang.

In der Ecke eines Ganges zusammengekauert, wartete Kamose, bis der Aufseher mit seiner Kontrolle fertig war. Barfuß ging er ohne Eile zum ersten Saal. In aufeinander gestapelten Kisten befanden sich dort zahlreiche Papyrusrollen.

Kamose entrollte die erste.

Sie enthielt Skizzen und geometrische Pläne. Auf den ersten Blick konnte er erkennen, dass es sich um den Plan seines Dorfes und die Verteilung von Grund und Boden handelte.

Der junge Mann unterdrückte einen Freudenschrei. Er brauchte nur die Kommentare der Verwaltung zu lesen, um die Namen der rechtmäßigen Besitzer herauszufinden. Doch dann erblasste er. Seine Enttäuschung war so gewaltig wie zuvor seine Hoffnung: Die Texte waren in einer Schrift geschrieben, die er nicht lesen konnte. Die Schrift der Verwaltung, die sein Lehrer ihm noch nicht beigebracht hatte ...

Wäre er vernünftig gewesen, so wäre Kamose sofort in den Tempel zurückgekehrt und hätte den Alten um Verzeihung gebeten. Sicherlich hätte er Stockschläge und eine Rüge erhalten, an die er sich noch lange erinnert hätte.

Aber der junge Mann hörte nicht mehr auf seinen Verstand. Die Enttäuschung war zu groß. Er ertrug es nicht mehr, in Unwissenheit zu leben und seine Eltern in Kummer zu wissen. Handwerker, Schreiber ... Alle Wege, die er eingeschlagen hatte, waren Sackgassen. Sie erforderten zu viel Zeit. Kamose hatte beschlossen zu handeln.

Die Braut des Nil hatte ihm die Liebe entdeckt, die Liebe, die sein Schicksal ändern würde.

Der Alte schlief nur noch zwei oder drei Stunden pro Nacht. Obwohl er Hunderte von heiligen Texten entziffert hatte und an der Abfassung weiterer hundert beteiligt gewesen war, hatte er den Eindruck, nur einen Zipfel des Schleiers der Erkenntnis angehoben zu haben. Mit fünfundachtzig Jahren hatte der Alte noch nicht das richtige Alter erreicht, um wie der berühmte Wesir Ptahhotep seine Erinnerungen zu verfassen. Letzterer hatte hundertzehn Jahre gewartet, bevor er seine Ratschläge an die Jugend niedergeschrieben hatte. Noch nie war dem Alten ein so unbeugsamer, so ungestümer Junge begegnet wie Kamose. Doch in Wahrheit hatte er ihn geradezu erwartet. Er hatte keinen rechten Gefallen mehr am Unterricht, da die Söhne der Adligen ihm langweilig und charakterlos erschienen. Kamose hatte sich ein Ziel gesetzt. Er beging alle nur vorstellbaren Unvorsichtigkeiten, um es zu erreichen. Das war seine Prüfung, sein Weg, um vom Kind zum Erwachsenen zu reifen. Erfolg oder Misserfolg lag in den Händen der Götter. Und ein wenig in denen Kamoses.

Ganz wie er seinem Schüler verraten hatte, musste der Alte sein Büro nicht verlassen, um zu erfahren, was sich in der Welt draußen tat. Er war gut genug mit den menschlichen Leidenschaften vertraut, um zu wissen, welche Folgen sie hervorrufen konnten. Alles Weitere las er in den Hieroglyphen, den göttlichen Zeichen. Sie enthielten die Vergangenheit, die Gegenwart und die Zukunft.

Kamose hatte das Verwaltungsviertel ohne Schwierigkeiten verlassen und in einem Bierhaus in der Vorstadt Thebens Zuflucht gesucht, einer Art Schenke, die die ganze Nacht geöffnet hatte. Leicht betrunken war er eingeschlafen.

Mit schwerem Kopf war er erwacht.

Die Sonne, die er doch so mochte, erschien ihm unerträglich. Kamose lief aufs Geratewohl vor sich hin und hoffte, auf diese Weise die Kopfschmerzen zu vertreiben, die ihm in den Schläfen pochten. Er bereute es, genau in dem

Moment schwach gewesen zu sein, in dem er all seine Sinne brauchte, um eine Entscheidung zu treffen, die den Lauf seines Lebens wahrscheinlich ändern würde. Aber in welche Richtung?

In den Straßen von Theben spielten fröhliche Kinder. Adlige Damen wurden in Sänften umhergetragen. Mütter unterhielten sich von einem Haus zum anderen. Kamose mischte sich unter die Menge, da er fürchtete, von einem Aufseher gesucht zu werden, der sich gut mit dem Gebrauch seines Stocks auskannte.

Aber seine Überlegungen hatten den jungen Mann zu einem Entschluss geführt. Der Grund für die Verarmung seiner Eltern lag in einer ungerechten Gesellschaft, in der allein die Reichen und ihre Kinder über unantastbare Privilegien verfügten. Einer der Reichen, einer der mächtigsten unter ihnen, würde folglich seinen Eltern das Hab und Gut zurückerstatten, um das man sie gebracht hatte.

Kamose lief die Kais auf der Suche nach dem Fischer aus seinem Dorf ab, der regelmäßig in die Hauptstadt kam, um seine Fische zu verkaufen. Er sah, wie ein mit großen Tonkrügen beladenes Schiff entladen wurde, begegnete zahlreichen Hafenarbeitern und entdeckte endlich den Freund seiner Eltern.

»Bist du nicht in der Schreiberschule?«, fragte der Fischer verwundert, der von Kamose regelmäßig über den Verlauf seiner Karriere informiert wurde.

»Heute ist ein freier Tag.«

»Deine Eltern sind stolz auf dich. Sie sind glücklich, dass

du das Dorf verlassen hast. Sie bedauern es, dass sie dein Verhalten missbilligt haben.«

»Sag ihnen unbedingt, dass ich sie nicht aufgebe.«

»Du siehst müde aus«, bemerkte der Fischer. »Hast du womöglich Sorgen?«

»Es geht mir gut. Beruhige meine Eltern.«

»Das werde ich tun.«

Der Fischer entfernte sich. Er hatte Kamose nicht gestanden, dass die Kräfte seines Vaters nachließen und die blendende Gesundheit seiner Mutter von Erschöpfung und Sorge angegriffen wurde. Es war besser, den jungen Mann nicht zu ängstigen. Die Studien, die der Bauernsohn betrieb, erforderten ungebremsten Mut.

Zahlreiche Menschen drängten sich an einer der größten Landungsbrücken der Hauptstadt. Ein Provinzfürst näherte sich mit seinem Gefolge Karnak. Er brachte Gold und Gewürze aus dem Süden. Am Ende seiner Handelsreise würde er von Ramses dem Großen empfangen werden.

Kamose entdeckte den jungen Adligen, mit dem er sich über das Katasteramt unterhalten hatte. Der Schreiberlehrling schien sich zu langweilen.

Die beiden entfernten sich etwas von der Menge.

»Mir graut vor dieser Masse«, erklärte der junge Mann. »Ich lese lieber. Diese Pflichtgratulationen sind immer dieselben. Ich bin erstaunt, dass du hier bist, Kamose. Interessierst du dich etwa für gesellschaftliche Ereignisse?«

»Ich bin zufällig hier. Du hast von Richter Rensi gesprochen ... Weißt du, wo er wohnt?«

»Natürlich. Er bewohnt das schönste Haus der Stadt im Viertel der Adligen. Davor liegt ein durch Mauern abgeschlossener Garten. Der Zugang erfolgt durch ein gewaltiges Tor, das von bewaffneten Männern und einem gezähmten Panter bewacht wird. Komm nicht auf den Gedanken, ihn zu provozieren. Er hasst Fremde.«

Der Panter, der fest an der Leine gehalten wurde, fauchte, kaum hatte er Kamose gesehen.

»Ganz ruhig, mein Guter, ganz ruhig«, befahl der Wächter.

Sein Kollege griff nach seiner Lanze.

Der junge Schreiber, der da auf sie zukam, wirkte nicht sonderlich gefährlich, und schon viele Jahre war es in Theben zu keinem Überfall mehr gekommen. Aber es gab strenge Anordnungen.

Kamose, den die Raubkatze nicht im Geringsten beeindruckte, blieb in einiger Entfernung stehen.

»Was wünschst du?«, fragte einer der beiden Wächter.

»Ich möchte Richter Rensi sprechen.«

»Aus welchem Grund?«

»Eine dringliche Angelegenheit.«

»Hast du einen Passierschein vom Gericht?«

»Nein, aber seine Tochter kennt mich.«

Die Wächter schienen in einer schwierigen Situation.

»Ohne offizielles Dokument können wir dich hier nicht hereinlassen«, sagte der Wächter, der den Panter an der Leine hielt. »Aber du würdest den Richter sowieso nicht antreffen. Er ist abgereist und erholt sich in seiner Villa auf dem Westufer.«

Kamose verneigte sich ehrfurchtsvoll, als ob er sich an einen Ausbilder wandte. Die Wächter waren erfreut über diese Respektsbekundung und hielten den jungen Schreiber für höflich und sehr wohlerzogen.

Das Feuer, das in ihm brannte, erkannten sie nicht.

13

Die Nacht brach herein.

Der Nil war nur noch ein unter den letzten Strahlen der Sonne funkelnder Silberstrom.

Das emsige Treiben der großen Stadt kam zur Ruhe. Die Mütter bereiteten das Abendessen zu. Die Männer, die von den Feldern oder den Büros zurückgekommen waren, genossen ein kühles Bier und lauschten dabei den Worten der Geschichtenerzähler.

Im Viertel der Adligen wurden reiche Bankette vorbereitet, bei denen die schönen Damen darum wetteiferten, welche die eleganteste sei.

Kamose konnte den Frieden und das ruhige Glück nicht genießen. Der junge Mann kauerte im hohen Gras des Ostufers und beobachtete angespannt, wie die letzten Boote der Flusspolizei in ihren Heimathafen zurückkehrten.

Bald würde Dunkelheit herrschen. Kein einziges Schiff fuhr dann noch auf dem Gottesfluss.

Alles war ruhig.

Kamose betrat einen Wald aus Schilfrohr, dessen Stängel im Wasser standen. Er lief eine ziemlich lange Strecke, bevor er sich auf Höhe der Landgüter der Adligen auf dem anderen Ufer befand. Es gab dort nicht viele. Nur die Vertrauten des Pharao hatten die Erlaubnis, sich an diesem Ort in der Nähe eines der königlichen Paläste niederlassen zu dürfen.

Kamose wurde von unzähligen Mücken gestochen, aber das kümmerte ihn nicht. Auch das wimmelnde Leben, das in der unentwirrbaren Pflanzenwelt um ihn herrschte, schreckte ihn nicht weiter. Amphibien, Wasserschlangen, kleine Raubtiere ... Diese Welt lebte nach ihren eigenen Gesetzen und ließ sich nur kurz von dem Eindringling stören, der mit großen Schritten voranschritt und dabei kraftvoll das Schilf zur Seite bog.

An der Stelle angelangt, an der der Fluss am schmalsten war, zog Kamose seinen Schurz aus, legte ihn auf den Kopf, knotete ihn um die Stirn und glitt ins Wasser.

Er hatte schon als Kind schwimmen gelernt, als er mit anderen Jungen aus dem Dorf spielte. Selbst der Pharao musste lernen, sich im Wasser zu bewegen. Für all die, denen das Lernen schwer fiel, benutzte man einen Schwimmkörper aus Schilf. Kamose hatte ein solches Hilfsmittel jedoch nie gebraucht. Rasch hatte er die Bewegungen und die Körperhaltung gelernt, die es ihm erlaubten, eins zu werden mit der Strömung und sich mühelos vorwärts zu bewegen.

Aber es gab noch einen anderen Schwimmer, dessen besorgniserregende Anwesenheit der junge Mann vergessen hatte. Ein Schwimmer, der den Tag damit verbrachte, auf grünen Inselchen mitten im Nil zu schlafen, und der so reglos schien wie ein Stein. Ein Schwimmer mit einem gewaltigen Maul und mit Zähnen, die nur darauf warteten, ihre Beute zu zerreißen.

Das Krokodil erwachte aus seinem Nickerchen und bewegte sich blitzschnell über den schmalen Uferstreifen, der es vom Nil trennte.

Die Flussgottheiten waren Kamose wohlgesonnen. Hätte das Krokodil von hinten angegriffen, hätte er keine Chance gehabt, ihm zu entkommen. Aber der Schwimmer sah das Ungeheuer, dessen Kamm aus dem Wasser ragte, auf sich zukommen.

Ohne Waffe zu kämpfen war nutzlos. Kamose verteidigte sich, wie er es von seinem Vater gelernt hatte. Es kam öfter vor, dass eine Echse die Viehherden angriff, wenn sie die Furt durchquerten. Die Zauberpriester hatten den Bauern Sprüche beigebracht, deren Wirksamkeit schon einige Tiere gerettet hatte.

Kamose ruderte so kräftig wie möglich mit den Armen. So laut er konnte, sprach er die Machtworte: »Halt, Krokodil, Sohn des Seth! Bewege deinen Schwanz nicht mehr, schwimme nicht weiter voran! Möge das Wasser eine Feuermauer gegen dich bilden! Werde blind!«

Bis zur Erschöpfung ruderte der Schwimmer mit den Armen, wiederholte den Spruch und schlug Wellen gegen das Krokodil, die es wegdrängen sollten.

Kamose hatte die Augen geschlossen. Wenn er scheiterte, wollte er den abscheulichen Tod nicht sehen.

Erschöpft streckte er sich auf dem Wasser aus.

Das Krokodil war verschwunden.

Wieder einmal hatte sich die Zauberkraft der Vorfahren als wirkungsvoll erwiesen.

Der Alte unterbrach seine Arbeit an den Hieroglyphen des Totenbuchs. Sein Herz hatte heftig geschlagen und ihm verkündet, dass Kamose in Gefahr war.

Der alte Schreiber erhob sich und näherte sich einer kleinen Granitstatue, die mit in den Stein gehauenen Texten bedeckt war. Sie stellte einen sitzenden Arzt dar, der einen Papyrus ausgerollt auf den Knien liegen hatte.

Der Alte goss der Statue Wasser auf den Kopf. Es lief über den Steinkörper. Beim Hinabfließen brachte es mehrere in den Texten enthaltene Hieroglyphen zum Glänzen. Hieroglyphen, die immer dasselbe Tier darstellten: ein Krokodil.

Folglich schwamm Kamose im Fluss und würde von einer Echse angegriffen werden. Der Alte hatte nicht eine Sekunde zu verlieren. Auf einen unbeschriebenen Papyrus zeichnete er mit roter Tinte ein Krokodil. Aber er achtete sorgfältig darauf, den Kopf in zwei Teile zu teilen und ihm Messer in den Kopf, den Rücken und den Schwanz zu stechen. Auf diese Weise machte er das Ungeheuer unschädlich. Das Symbol ging der Wirklichkeit voraus. Das Krokodil, das Kamose angreifen wollte, hätte keine Kraft mehr.

Friedlich schlief der Alte ein.

In den kommenden zwei Stunden bräuchte sein Schüler

seine Hilfe nicht mehr, selbst wenn andere Gefahren auftauchen würden.

Es bliebe genug Zeit, beim Aufwachen darüber zu entscheiden.

Kamose brauchte lange, um wieder zu Atem zu kommen. Erst als er das westliche Ufer erreichte, spürte er die Auswirkung der Angst. Trotz der warmen Nacht fröstelte er. Er zitterte an allen Gliedern und klapperte mit den Zähnen.

Der Vorfall hatte seine Entschlossenheit nicht im Geringsten ins Wanken gebracht. Er hatte den Fluss überquert. Er würde bis ans Ende gehen.

Alle Thebaner sprachen davon, wie prachtvoll die gewaltige Villa des Richters Rensi war, dessen Reichtum dem des Bürgermeisters von Theben gleichkam. Es war für Kamose nicht schwierig gewesen, sich von Händlern das prunkvolle Landgut beschreiben zu lassen.

Nachdem er das Ufer hinaufgeklettert war und erneut einen Wald aus Schilfrohr durchquert hatte, ging er einen Pfad entlang, der über ein Dinkelfeld führte, und hörte in der Ferne Musik und Gesang.

Vorsichtig näherte er sich und erblickte das Portal zur Villa des Richters Rensi. Es war ein monumentales Tor aus Ziegelsteinen, dessen Türsturz und dessen Säulen jedoch aus Kalkstein bestanden. Die halb geöffnete Tür selbst war aus Libanonzedernholz. Im Inneren des Anwesens empfingen Diener mit Fackeln die Gäste zu dem großen Bankett, das der Richter anlässlich des Geburtstages seiner Tochter Nofret gab.

Die Villa stand inmitten eines riesigen Gartens, der von Natursteinmauern umgeben war, in denen sich unauffällige, von Aufsehern bewachte Ausgänge befanden.

Dieser Garten war eines der größten Wunder Thebens. Neben Obstbäumen gab es dort seltene Pflanzenarten, vor allem Weihrauchbäume aus dem wunderbaren Lande Punt.

Kamose lief um das Anwesen herum und ging an den Weinfeldern des Richters entlang, die einen ausgezeichneten Wein lieferten. Er kletterte auf einen Palmenstamm, der über die Mauer ragte, sprang auf die weiche, gerade vom Gärtner bewässerte Erde und schlich sich durch Hibiskusbüsche hindurch in Richtung Villa.

Das Bankett hatte noch nicht begonnen; die elegant gekleideten Gäste standen am Rande von zwei großen rechteckigen Wasserbecken, auf denen Enten schwammen, und plauderten. Bedienstete servierten ihnen kühle Getränke. Turteltauben ließen ihren hellen Gesang ertönen und wetteiferten mit einem Orchester von Musikerinnen, die Flöte und Harfe spielten.

Von Feigenbäumen geschützt, hinter denen er beobachten konnte, ohne gesehen zu werden, schlich Kamose von Stamm zu Stamm, bis er endlich die entdeckte, mit der er sprechen wollte: Nofret, die Tochter von Richter Rensi.

Nofret unterhielt sich mit zwei jungen Männern, die ihr den Hof machten. Ihre Schönheit versetzte Kamose in sprachloses Erstaunen. Sie trug ein langes weißes Kleid und hatte einen ebenfalls weißen Schal über die Schultern gelegt. Dieser verbarg nur zum Teil eine breite Halskette aus Gold und

Karneol. Dazu hatte Nofret eine lange, geflochtene Perücke ausgewählt, auf die sie einen Salbkegel gesetzt hatte. Arm- und Fußreifen betonten ihre zierlichen Handgelenke und Knöchel. Ihre Augen waren grün geschminkt.

Für ein paar Minuten vergaß Kamose alles andere und bewunderte jene, in die er sich bis über beide Ohren verliebt hatte. Nie würde er eine andere Frau lieben können!

Ein vor seinem Gesicht vorbeifliegender Wiedehopf holte den jungen Mann in die Wirklichkeit zurück. Wie konnte er Nofrets Aufmerksamkeit auf sich ziehen, ohne sie zu erschrecken? Ihm fiel nichts anderes ein, als geduldig zu warten. Als sie ihr Gespräch beendet hatte, ging die junge Frau einen plattenbelegten Weg an einem Weinspalier entlang.

Dort sprach er sie an, ohne aus dem Schatten hervorzutreten.

»Nofret ... Ich möchte mit Euch sprechen. Es ist sehr wichtig.«

Neugierig blieb die junge Frau stehen und sah ihn an.

»Ihr kennt mich nicht ... Ich heiße Kamose. Ich war dabei, als Ihr die Garbe dem Nil geopfert habt.«

Nofret verließ den Weg und verschwand in Begleitung Kamoses in der Tiefe des Gartens.

»Ich erinnere mich an Euch«, sagte sie mit sanfter Stimme. »Ihr habt während der gesamten Zeremonie nicht den Blick von mir abgewandt.«

Zum Glück war es im Schutze der Bäume dunkel. Vor Verwirrung und Freude war Kamose rot geworden.

»Wenn Ihr abseits der Menschenmenge mit mir sprechen möchtet, so lasst uns bis zur Laube gehen«, empfahl sie.

Kamose folgte Nofret und fühlte sich seiner überhaupt nicht mehr sicher. Nofret beeindruckte ihn mehr, als alle Worte auszudrücken vermochten. Aber er konnte nicht mehr zurück.

Die Laube bestand aus zierlichen kleinen Holzsäulen mit Kapitellen in Form offener Lotosblüten. Steinbänke luden dazu ein, in erfrischender Kühle Weintrauben zu genießen.

Nofret setzte sich.

»Setzt Euch neben mich, Kamose.«

Der junge Mann folgte ihr linkisch. Er hatte das Gefühl, nicht mehr laufen zu können. Seine Glieder waren kraftlos, seine Gedanken verwirrt.

»Da Ihr so sehr danach trachtet, mit mir zu reden, dass Ihr heimlich in ein fremdes Haus eindringt, höre ich Euch an. Danach muss ich zu meinen Gästen zurückkehren, sonst wird mein Vater meine Abwesenheit bemerken und sich darüber erzürnen.«

Mühsam schluckte Kamose. Die Worte wollten nicht heraus. Er musste sich sehr anstrengen, um sprechen zu können.

»Genau Euren Vater wollte ich sprechen ... Ich bin nur ein Schreiberlehrling, ein Bauernsohn, und habe keine Möglichkeit, bei einer so mächtigen Persönlichkeit um eine Unterredung zu bitten.«

»Da täuscht Ihr Euch. Wer immer auch Gerechtigkeit erbittet – vorausgesetzt, seine Sache ist berechtigt –, kann ein

Gespräch mit meinem Vater erhalten. Offensichtlich wisst Ihr nicht sehr gut Bescheid, wie die Gerichte funktionieren ...«

»Ich bin unwissend«, gestand Kamose, »aber ich kann es nicht hinnehmen, dass meine Eltern von ihrem Hab und Gut vertrieben wurden.«

»Habt Ihr einen Beweis für Eure Anschuldigungen?«

»Leider nein. Ich müsste das Kataster einsehen. Aber ich habe keinen Zugang dazu. Euer Vater schon. Ich bin überzeugt, dass meine Eltern Opfer eines Verwaltungsfehlers sind. Dieser müsste leicht zu korrigieren sein.«

»Leicht zu korrigieren ... Das ist nicht so sicher«, urteilte Nofret. »Die Verwaltung gibt Fehler nicht gerne zu. Der Prozess könnte lang und kompliziert werden.«

»Warum ein Prozess?«, fragte Kamose empört. »Ein Soldat der Armee des Pharao behauptet, Besitzer des Grundes zu sein, der meinen Eltern gehört. Das Kataster hat sich geirrt. Die Sache ist ganz einfach!«

»Die Schreiber, die das Katasteramt führen, sind Angehörige des geschlossenen Tempels«, sagte Nofret besänftigend, »und stehen nicht im Ruf, sich zu täuschen.«

Kamose hatte zu seinem Ungestüm zurückgefunden. Die Ungerechtigkeit löste eine nur mühsam zu beherrschende Wut in ihm aus.

»Erlaubt Ihr mir, Euren Vater um Rat zu fragen?«

Kamoses Schicksal lag in den Händen der jungen Frau. Sie war strahlend schön, umgeben von Verehrern und feierte ihren Geburtstag in Luxus und Reichtum. Wie hätte der Fall eines einfachen Bauernehepaars sie interessieren sollen?

Nofret lächelte. Sie nahm Kamose bei der Hand.

»Kommt«, sagte sie.

14

Das Fest hatte inzwischen seinen Höhepunkt erreicht. Die eleganten Gäste waren gebeten worden, auf weichen Kissen Platz zu nehmen. Diener brachten das Essen in den Bankettsaal, in dessen Mitte die Musikerinnen des Orchesters sanfte Musik erklingen ließen.

Rensi hatte den siebzehnten Geburtstag seiner Tochter auf außergewöhnliche Weise feiern wollen. Alle berühmten und reichen Persönlichkeiten Thebens waren anwesend. Die köstlichsten Speisen sollten ihnen aufgetragen werden: gebratenes Fleisch, gegrillter Fisch, Gemüsepürees, mehrere Sorten Kuchen, alles begleitet von Rot- und Weißwein, der eine aus der Gegend um Theben, der andere aus dem Delta.

Rensi ging auf die fünfzig zu. Der Sohn eines königlichen Schreibers war ein breitschultriger Mann. Er hatte seine gesamte Karriere in der Justizverwaltung absolviert, nachdem er drei Jahre bei den Handwerkern des Tempels von Karnak verbracht hatte. Der Pharao persönlich schenkte ihm Vertrauen und verließ sich auf ihn, um streng, aber ohne Ansehen der Person Recht zu sprechen.

Richter Rensi übte sein Amt mit einer Strenge aus, die ihm manche vorwarfen. Die Adligen fürchteten ihn. Es war bekannt, dass er nicht zögerte, schwere Strafen zu verhängen, wenn sie nicht für den Wohlstand ihrer Güter oder das Wohlergehen ihrer Diener sorgten. Ganz egal, um welche Einflussnahmen es sich handelte und aus welcher Ecke sie kamen: Rensi hatte seit vielen Jahren die gleiche Haltung und nicht die Absicht, diese zu ändern.

Jeden Tag betete er zu Amun und dankte ihm dafür, dass er ihm so viel Glück geschenkt hatte: eine verantwortungsvolle Stellung, die er trotz aller Schwierigkeiten schätzte, eine Frau, die er geliebt hatte, und eine einzige Tochter, die er geradezu anbetete.

Nofret war die schönste aller jungen thebanischen Adligen. Mehr als zehn Heiratsanträge hatte der Vater bereits erhalten. Unaufhörlich machten die ältesten Söhne der besten thebanischen Familien ihr den Hof. Jeder glaubte, Richter Rensi sei es, der die Verehrer abweisen würde, um seine Tochter so lange wie möglich bei sich zu behalten.

In Wahrheit war es Nofret selber, die sich weigerte, sich zu verloben. Sie fand die Jungen ihres Alters einfältig. Sie besaß denselben unnachgiebigen Charakter wie ihr Vater und hatte es mit dem Heiraten nicht eilig. Ihr Tempeldienst bei den

Hathor-Priesterinnen interessierte sie weitaus mehr als die gespreizten Erklärungen der jungen Adligen, die darum wetteiferten, sie zu erobern.

Nofret war außergewöhnlich intelligent. Ihre Mutter, Priesterin der Göttin Neith, hatte sie in die Geheimnisse der Webkunst eingeweiht und ihr das Spielen von Musikinstrumenten beigebracht. Sie hatte ihr die ersten Schlüssel zur Zauberkunst gegeben, die es ihr erlaubte, die allen Dingen innewohnende geheime Kraft zu nutzen, zu heilen oder zu zerstören, das Wasser in Feuer und das Feuer in Wasser zu verwandeln. Ihr Vater hatte ihr Lesen und Schreiben beigebracht, bevor er sie in die Schule der Schreiber schickte.

Stärker als alles andere jedoch zog das Heilige die junge Frau an. Sie war fasziniert von den religiösen Zeremonien, bei denen sie für viel zu kurze Zeit den Prozessionen der Priesterinnen zusehen konnte, die den Tempel von Karnak verließen. Schon sehr früh hatte sie darum gebeten, ihnen anzugehören. Rensi hatte begriffen, dass er gegen den Willen seiner Tochter nicht ankämpfen konnte, und ihre Aufnahme in die weibliche Priesterschaft von Karnak unterstützt.

Bei den Priesterinnen hatte Nofret über immer längere Zeiträume hinweg zunächst niedrige Aufgaben erfüllen müssen: Sie musste die Musikinstrumente aufräumen, sie reinigen, die Papyrusrollen mit den rituellen Texten tragen und auf die Sauberkeit der den Priesterinnen vorbehaltenen Kulträume achten.

Ihre Unnachgiebigkeit und ihre Kenntnis der Riten, an denen sie teilnahm, hatten ihr den Zugang zum geschlossenen Tempel geöffnet. Auf diese Weise hatte Nofret eine Welt von Gottheiten und Symbolen entdeckt, für deren Entschlüsselung sie ein ganzes Leben brauchen würde.

Wenn sie den Tempel verließ, um für ein paar Wochen nach Hause zurückzukommen, fand sie ihre Verehrer noch langweiliger und war unaufhörlich damit beschäftigt, sie von sich fern zu halten.

Diese Haltung bereitete Rensi Freude und Sorge zugleich. Sie bereitete ihm Freude, weil Nofret sich seinem Ideal entsprechend verhielt und ihre wahre Persönlichkeit zeigte, ohne Moden oder äußeren Einflüssen nachzugeben. Sie machte ihm Sorge, weil sich seine so schöne Tochter zu wenig darum kümmerte, eine Familie zu gründen. Und Rensi, dessen Frau bereits vor zehn Jahren gestorben war, träumte davon, Enkelkinder im Haus zu haben ...

Der Gutsverwalter wagte es, das Grübeln des Richters zu unterbrechen.

»Herr, alles ist bereit. Wir beginnen damit, das Essen zu servieren. Ihr müsstet Euch nun in Begleitung Eurer Tochter auf den Ehrenplatz setzen.«

»Du hast Recht, wo ist Nofret?«

Verlegen senkte der Verwalter den Blick.

»Wir wissen es nicht ... Vor kurzem sprach sie noch mit zwei jungen Männern ... Seitdem hat sie niemand mehr gesehen.«

Rensi bekam einen Schreck, ihm schnürte es die Kehle zusammen. Was hatte dieses seltsame Verschwinden zu bedeuten? Wohin war Nofret gegangen? Noch nie hatte sie sich auf solche Weise ihren Pflichten entzogen.

»Man möge sie unauffällig suchen! Ich lasse meine Gäste warten.«

Genau in dem Augenblick, als der mächtige Gastgeber den Bankettsaal betrat, sah er seine Tochter in Begleitung eines muskulösen jungen Mannes mit breiter Stirn, bloßem Oberkörper und einem durchnässten und verknitterten Schreiberschurz aus dem Garten kommen.

Der Gegensatz zwischen den beiden jungen Leuten war auffallend. Sie so elegant. Er so ungepflegt.

Mit einem entwaffnenden Lächeln besänftigte Nofret den Zorn ihres Vaters.

»Vater, ich stelle dir den Schreiber Kamose vor. Er ist mein persönlicher Gast.«

»Ein Schreiber? In diesem Zustand? Er muss wirklich nachlässig sein ...«

»Ein einfacher Vorfall«, erklärte Nofret. »Kamose ist gekommen, um dir ein Gesuch vorzutragen, das ich für berechtigt halte.«

Richter Rensi runzelte die Stirn. Noch nie hatte seine Tochter so klar für jemanden Partei ergriffen.

»Ist jetzt nicht eher eine Stunde zum Feiern, meine Tochter? Hältst du den Augenblick für angemessen, um über ernste Dinge zu reden?«

»Nein, mein Vater. Deshalb ist Kamose heute mein Ehrengast. Morgen werden wir reden.«

»Es ist zu spät, ihn angemessene Kleidung anziehen zu

lassen«, bemerkte Rensi. »Möge er wenigstens einen sauberen Schurz anlegen.«

»Ich kümmere mich darum, mein Vater.«

Während sich Nofret in Begleitung von Kamose entfernte, blieb Richter Rensi ratlos stehen. Er hatte sich erträumt, seine Tochter mit einem Angehörigen des Königshauses zu verheiraten. Hatte sie nicht die vorzüglichen Eigenschaften einer künftigen Königin? Doch warum sollte ihm die Gegenwart dieses Jungen Sorgen machen? Sicherlich befriedigte Nofret nur eine einfache Laune. Aber dieses Argument konnte Rensi nicht beruhigen. Nofret war keine launische junge Frau. Wenn sie diesen Kamose auf offizielle Weise dem thebanischen Adel vorstellte, hatte sie ganz gewiss einen Hintergedanken.

Rensi befürchtete, ihn zu erraten.

Kamose ließ sich von den Gesängen, den Tänzen und den köstlichen Speisen zerstreuen. Der Barbier von Richter Rensi persönlich hatte ihn in einen neuen Schurz gekleidet und ihm die Haare in Ordnung gebracht. Seine bescheidene Erscheinung hatte ihm gegenüber den aufwändigen Gewändern der jungen thebanischen Adligen, von denen eines prachtvoller war als das andere, einen unerwarteten Vorteil beschert. Unwillentlich beeindruckte der junge Mann durch seine natürliche Stärke und seine unbestreitbare Ausstrahlungskraft.

Er blieb an der Seite Nofrets, auf der unaufhörlich mehr als zwanzig Blicke eifersüchtiger Verehrer lagen. Er lachte mit ihr, als sie sich gegenseitig von ihrer Kindheit erzählten. Kamose erzählte ihr von den zahlreichen Abenteuern eines kleinen Bauernsohns, der die Natur entdeckt, sich mit seinen Freunden prügelt und die Gesetze der Jahreszeiten und der Erde kennen lernt. Nofret berichtete ihm von ihrer erlesenen Erziehung, von der Langeweile, die diese ihr bisweilen verursacht hatte, und von ihrer Abneigung althergebrachten Konventionen gegenüber.

»Du wirst Schreiber«, sagte sie.

»Ich weiß es nicht«, erwiderte Kamose.

»Willst du es aufgeben?«, fragte sie verwundert.

»Mein Ziel ist es, meinen Eltern ihr Glück zurückzugeben.«

»Das ist ein edles Ideal.«

Kamose sah sie zärtlich an.

»Wie lautet deines, Nofret?«

»Noch weiter in den geschlossenen Tempel vorzudringen. Ich kenne nur die ersten Räume. Ich weiß, dass es einen riesigen Säulensaal im Tempel von Karnak gibt, in dem alle Riten offenbart werden. Und es gibt noch andere Heiligtümer, weitere Lehren.«

»Der geschlossene Tempel«, seufzte Kamose. »Da wollte ich auch gerne hinein.«

»Gibst du das etwa auch auf? Warum bist du so verzweifelt? Wenn ich dich so sehe, hätte ich dich für mutiger gehalten!«

Der Vorwurf brachte Kamoses Blut in Wallung.

»Ich bin ein Bauernsohn! Das ist der Grund, weshalb ich aufgeben muss!«

»Deine Fantasie leitet dich in die Irre«, urteilte die junge Frau. »Der Irrtum liegt in deinem Herzen, Kamose, nicht in der Wirklichkeit. Es gibt durchaus Bauernsöhne, die Schreiber geworden sind. Die Weisen von Karnak interessieren sich nur für die geistigen Eigenschaften der Menschen, nicht für ihre gesellschaftliche Stellung.«

»Mögen die Götter dafür sorgen, dass du Recht hast, Nofret! In diesem Falle werde ich es schaffen.«

Das Ende des Banketts rückte näher. Die Gespräche wurden vertraulicher. Die Musik war verstummt. Bald würde der Morgen grauen und die neue Sonne geboren werden.

»Ich habe Recht«, bekräftigte die junge Frau. »Vertraust du mir, Kamose?«

»Nein«, entgegnete dieser.

Nofret schrak zurück. Sie war verwundert, fast schockiert.

»Ich empfinde dir gegenüber sehr viel mehr als nur Vertrauen«, erklärte Kamose mit beeindruckendem Ernst. »Ich liebe dich, Nofret.«

15

Nofret und Kamose brachen auf, als die ersten Sonnenstrahlen den Garten der Villa in rotes Licht tauchten. Sie verließen das Anwesen durch eine Pforte, deren Wache eingeschlafen war, und wandten sich Richtung Wüste.

Dort befand sich ein großes Jagdareal, wohin Rensi seine Tochter gerne mitnahm, wenn er auf die Antilopen- und Gazellenjagd ging.

Die beiden jungen Leute liefen bis zu einem Palmenhain, in dessen Mitte ein Brunnen gegraben worden war. Selbst zu Zeiten großer Hitze war es an diesem Ort herrlich kühl.

Nofret kam oft hierher, um fern vom Treiben der Villa, die von ihren Verehrern belagert wurde, zu lesen und zu lernen. Es war angenehm, sich im Schatten der großen Palmen aufzuhalten.

Sie saßen nebeneinander und betrachteten die Wüste,

die Felder, den Nil. Sie hatten das Glück, im schönsten Land der Erde zu leben. Sie hatten das Glück, sich begegnet zu sein.

Ein Wanderfalke stieg zum Licht empor.

Nofret wandte sich zu dem jungen Mann.

»Ich liebe dich auch, Kamose.«

Das Fest war ein voller Erfolg gewesen. Bevor die Gäste die prachtvolle Villa verließen und an das östliche Ufer zurückkehrten, hatten sie alle Richter Rensi zu dem beeindruckenden Empfang und der unvergleichlichen Schönheit seiner Tochter gratuliert.

»Die Heuchler!«, dachte Rensi. »Nicht einer hat es gewagt, etwas zu der unerwarteten Anwesenheit des jungen Schreibers zu sagen. Bestimmt glauben sie, er sei eine bedeutende Persönlichkeit, der nichts Originelleres eingefallen ist.«

Obwohl er nicht geschlafen hatte, hatte der Richter sich an die Arbeit gemacht. Er musste komplizierte Fälle behandeln und umfangreiche Angelegenheiten untersuchen. Schon seit Jahren gönnte er sich keinen Ruhetag mehr. Gleich am Nachmittag würde er sich ins Gericht begeben, um dort eine Versammlung von Richtern zu leiten.

Kurz vor Mittag empfing er Nofret und ihren Gast.

»Wir sind zum Schlafen in den Palmenhain gegangen«, erklärte sie.

»Ich habe euch aufbrechen sehen«, sagte Rensi. »Ich hielt

es für richtig, euch gewähren zu lassen, obwohl ich nicht mein Einverständnis gegeben hatte.«

Nofret küsste ihren Vater.

»Warum so streng, mein Vater? Wünschst du nicht mein Glück?«

Rensi wollte mit seiner Tochter nicht diskutieren. Er kannte ihre gefürchtete Intelligenz nur zu gut.

»Wir sprechen später noch mal darüber, ich habe nur wenig Zeit für den jungen Mann. Wer ist er und was wünscht er?«

»Ich bin der Sohn von Geru und Nedjemet. Das Kataster hat einen Fehler begangen, als es deren Grund und Boden einem Soldaten namens Setek zuteilte. Ich fordere Entschädigung.«

»Du bist recht jung, um zu fordern«, urteilte Rensi, »und es handelt sich um wahrlich schwere Anschuldigungen. Du bist von jugendlichem Ungestüm. Aber ein künftiger Schreiber sollte lernen, seine Worte besser abzuwägen.«

Kamose schätzte die Zurechtweisung nicht, es gelang ihm aber, sich zu beherrschen.

»Kamose spricht mit großer Heftigkeit«, unterbrach Nofret, »aber du musst ihn verstehen, mein Vater. Kann man ihm vorwerfen, dass er seine Eltern liebt? Kann man ihm vorwerfen, dass er ihnen ein Glück zurückgeben will, das ihnen genommen wurde?«

»Fällen wir kein vorschnelles Urteil«, forderte Rensi. »Im Kataster arbeiten gewissenhafte Männer. Sie kennen die Bedeutung ihrer Aufgabe. Noch nie habe ich eine Klage wegen eines solchen Irrtums erhalten.«

»Und doch ist es so«, erklärte Kamose, der sich bemühte, nicht ganz so leidenschaftlich zu sein. »Meine Eltern haben das Recht erhalten, durch hartnäckige Arbeit ihren Grund zu erwerben. Sie genießen das Ansehen des ganzen Dorfes. Ihr Gut ist heute das fruchtbarste und das am besten bestellte von allen. Warum hat Setek, selbst wenn er ein Held ist, das Recht, sich mit Gewalt anzueignen, was ihm nicht gehört?«

Richter Rensi schien verwirrt.

»Der Fall ist seltsam ... Ein Stück Land wird nur mit Zustimmung des Pharao, der seine Befehle an das Katasteramt leitet, zu Privatbesitz. Wurden deine Eltern wegen etwas verurteilt?«

»Aber niemals«, entgegnete Kamose, empört über eine solche Unterstellung. »Sie sind die rechtschaffensten Menschen, die ich kenne.«

»Ich hoffe, ich muss dich nicht enttäuschen«, entgegnete der Richter.

»Was hast du vor?«, fragte Nofret ängstlich.

»Ich will den wichtigsten Mann des Katasters befragen«, antwortete Richter Rensi. »Die betreffende Person ist nicht sehr zugänglich und verlässt den geschlossenen Tempel nur sehr ungern. Ich werde meine ganze Autorität einsetzen müssen.«

»Werden Abschriften der Archive nicht in einem Ministerium aufbewahrt?«

»Ich will die Originale sehen«, erklärte der Richter. »Das ist die einzige Möglichkeit, Gewissheit zu erlangen.«

»Wann kannst du handeln?«

»Ich brauche mindestens drei Tage. Ich habe andere laufende Geschäfte, darunter einige dringende. Ihr werdet hier auf mich warten. Ich dulde keinerlei Initiative von eurer Seite.«

Nofret verbarg ihre Freude. So gute Nachrichten hatte sie nicht erhofft.

Nofret und Kamose verbrachten die meiste Zeit im Palmenhain und gingen nur in die Villa, um dort ihre Mahlzeiten einzunehmen. Kamose war überzeugt, Recht zu erhalten, und erging sich in Lobreden auf die Rechtschaffenheit des Richters. Er sah seine Fehler ein und bedauerte seine Kritik gegenüber den hohen Würdenträgern. Von einer schweren Last befreit, konnte er seiner Liebe freien Lauf lassen.

Nofret erwiderte Kamoses Leidenschaft mit der gleichen Intensität wie er. Er war ihre erste Liebe und würde ihre letzte sein. Sie war davon überzeugt, dass sie nie einen anderen Mann lieben würde, wie Kamose überzeugt davon war, nie eine andere Frau zu lieben.

Und so schenkten sie sich ihre Körper und ihre Seelen.

»Ich möchte dein Mann sein«, erklärte er.

»Ich möchte deine Frau sein«, erwiderte sie.

Auf die Begeisterung folgte Sorge. Nofret war sich im Klaren darüber, dass es schwierig werden würde, ihren Vater davon zu überzeugen, einen Schwiegersohn zu akzeptieren, der nicht aus einer adligen Familie stammte. Kamose wusste, dass er ein Haus bauen müsste, um seine Frau aufnehmen zu können. Sobald er sie in seine Arme schließen würde und sie vereint die Schwelle ihres Hauses überschreiten würden, würde man sie als Mann und Frau ansehen – ohne irgendeine andere Zeremonie.

Beide beschlossen, die Zukunft erst einmal zu vergessen und sich an der Gegenwart zu berauschen. Sie hatten so viel gemeinsam zu entdecken: Nofret erteilte Kamose seinen ersten Reitunterricht. Sie schwammen gemeinsam in den Wasserbecken, und er half ihr, ihre Technik zu vervollkommnen. Sie stiegen auf einen Wagen, fuhren kilometerweit in die Wüste und genossen ihre Einsamkeit. Sie lasen gemeinsam Liebesgedichte und erkannten sich in den Beschreibungen der Dichter wieder, die von Liebenden erzählten, die sich in einem irdischen Paradies bewegten, in dem allein die Stärke ihrer Gefühle zählte.

Trunken vor Glück versuchten sie, in einem fischreichen Kanal zu angeln, hatten kein Glück und lachten schallend über ihr Ungeschick. Die Fische kümmerten sie nicht viel. Alles war Vorwand, sich zu umschlingen und zu küssen. Aber beide bewahrten dabei eine erstaunliche Klarsicht. Ihr Wesen hatte sich durch die Erkenntnis ihrer gegenseitigen Leidenschaft grundlegend verändert. Nofret und Kamose spielten nicht, sich zu lieben. Sie liebten sich.

Als die Sonne unterging, legten sich die beiden jungen Leute ans Ufer. Aneinander geschmiegt, ließen sie die letzten Strahlen des Tages in ihre Augen dringen. Sie nahmen die friedliche Stimmung auf wie Nahrung, wie eine Gabe des Himmels, die sie wie ein kostbares Gut bewahren mussten. Als sie gerade innig verbunden dalagen, kam der Verwalter sie holen.

Richter Rensi war zurückgekehrt.

»Ich werde mit ihm sprechen«, erklärte Kamose.

»Nein. Das ist meine Aufgabe. Ich werde ihn überzeugen können. Mein Vater will mein Glück. Er wird unser Glück wollen.«

»Und wenn er dagegen ist?«

Nofret antwortete nicht. Sie weigerte sich, die Möglichkeit des Scheiterns ins Auge zu fassen. Zwischen ihr und ihrem Vater hatte immer vollkommenes Einverständnis geherrscht. Er spürte ihre tiefsten Wünsche, erlaubte ihr, sie zu äußern und ihr Leben danach zu führen. Warum sollte es heute anders sein?

Richter Rensi studierte Verwaltungsdokumente, als Nofret und Kamose in sein Büro traten.

»Einen Augenblick«, forderte er abweisend. »Ich beende noch die Prüfung dieses Berichts.«

Die beiden jungen Leute sahen sich an. In ihren Blicken leuchtete dieselbe Flamme. Sie hatten die Stärke der Liebe auf ihrer Seite, die über alle Hindernisse siegen würde.

»Ich habe in meinem Büro in Theben den leitenden Priester des Katasteramtes getroffen«, begann Richter Rensi. »Es war ein heikles Unterfangen. Ich habe ihm den Fall erklärt, der zu meinem Vorgehen führte. Er schien mir höchst unzufrieden, aber angesichts meiner Stellung hat er eingewilligt, mich in den geschlossenen Tempel zu führen und mich das Kataster einsehen zu lassen.«

Nofret legte ihre rechte Hand auf Kamoses Arm. Der junge Mann zitterte vor Ungeduld.

»Es ist jetzt alles klar«, fuhr Richter Rensi fort. »Das Land, auf dem Geru und Nedjemet gearbeitet haben, hat ihnen nie gehört. Es handelte sich um eine einfache Verpachtung. Tatsächlich ist das Land durch ein königliches Dekret zum Besitz des Helden Setek geworden, eines Veteranen, der an den Asienfeldzügen teilgenommen und großen Ruhm erworben hat.«

Kamose war wie gelähmt.

»Das ist unmöglich ... Der Bürgermeister hat meinen Eltern vor mehreren Jahren persönlich die Besitzurkunde gezeigt.«

»Er hat sich getäuscht. Die meisten örtlichen Beamten kennen sich in rechtlichen Dingen nicht aus. Ich kann dir versichern, dass alles in Ordnung ist. Als Ramses der Große, unser innig geliebter Herrscher, den Helden Setek gefragt hat, welches Gelände ihm genehm wäre, hat er jenes benannt, das deine Eltern bestellten. Der Bürgermeister deines Dorfes hat die Akte an das Kataster weitergeleitet. Dem gibt es nichts hinzuzufügen.«

»Aber natürlich!«, wandte Kamose ein. »Das ist doch ein Gespinst von Lügen!«

Der Tonfall von Richter Rensi wurde schneidend.

»Es reicht jetzt, mein Junge! Du bist nichts weiter als ein Schreiberlehrling, der sich seiner künftigen Aufgabe als unwürdig erweist. Aus Gründen, die ich nicht kenne und die ich nicht zu kennen wünsche, hast du eine unglaubliche Geschichte erfunden. Um meiner Tochter einen Gefallen zu tun, habe ich mich lächerlich gemacht. Das wird mir eine

Lehre sein. Ein hoher Richter hat nicht das Recht, irgendjemanden zu begünstigen, nicht einmal die, die er liebt. Ich werde nicht zweimal denselben Fehler begehen. Was dich betrifft: Verlasse dieses Haus und kehre niemals wieder!«

»Mein Vater«, unterbrach Nofret, »du hast kein Recht ...«

Der Richter wandte sich seiner Tochter zu und sah sie zärtlich an.

»Ich liebe dich mehr als alles andere auf der Welt, das weißt du, Nofret. Deshalb befehle ich dir, diesen Jungen zu vergessen. Diese Trennung ist hart, ich weiß. Du wirst leiden, aber rasch darüber hinwegkommen und verstehen, wie richtig meine Entscheidung ist.«

Nofret drückte Kamoses Handgelenk, um ihn zu hindern, heftig zu werden.

»Ich werde dir gehorchen, mein Vater«, sagte sie mit fester Stimme.

16

Kamose war vor lauter Wut wie im Rausch und sah weder den klaren Himmel noch das vollkommene Blau des Wassers im Becken. Der junge Mann ballte die Fäuste zusammen.

»Das ist niederträchtig ... so niederträchtig! Dein Vater steckt mit den Übeltätern vom Kataster unter einer Decke!«

Nofret bewunderte ihren Vater. Sie glaubte, sie könne keinerlei Kritik gegen ihn ertragen, erst recht keine Beleidigung. Und doch reagierte sie nicht. Sie war überzeugt, dass die von Kamose benutzten Ausdrücke heftiger waren als seine wahren Gedanken.

Sie verehrte ihren Vater, und sie liebte Kamose. Sie würde mit aller Kraft darum kämpfen, das unermessliche Glück, das die Götter ihr gerade geschenkt hatten, nicht zu verlieren.

»Gib dich nicht deinem Zorn hin. Er verdunkelt das Herz.

Mein Vater ist der aufrichtigste aller Richter. Jeder kann dir das bezeugen.«

»Bist du wirklich sicher, Nofret? Könntest du es mir schwören?«

»Ich schwöre es bei meinem Leben und bei unserer Liebe.«

Kamose beruhigte sich. Er konnte keine bessere Gewissheit erhalten als die, die ihm Nofret soeben gegeben hatte.

»Du musst die Wirklichkeit anerkennen«, riet sie ihm traurig. »Das Kataster hat sich nicht geirrt. Seine Meinung ist Gesetz.«

»Die Wirklichkeit ... Wie sollte ich anerkennen, dass meine Eltern dazu verurteilt sind, den Rest ihres Lebens wie Sklaven zu leben?«

»Komm mit mir zum Palmenhain«, flehte Nofret.

Den Tränen nah willigte Kamose ein.

»Ich liebe dich, Kamose. Auch das ist die Wirklichkeit.«

»Eine so schwache Wirklichkeit, dass sie dazu bestimmt ist, zu verschwinden«, bemerkte der junge Mann. »Dein Vater hält mich für einen Geschichtenerfinder. Er wird unserer Heirat nie zustimmen.«

»Nicht er trifft eine solche Entscheidung. Ich wähle mir meinen Mann. So lautet das Gesetz.«

»Ich weiß, Nofret, aber trotzdem bleibt das ein Traum. Ich bin ein Bauer. Ich habe kein Vermögen. Ich habe kein Haus, das ich dir schenken kann. Du bist die Tochter eines der reichsten Männer von Theben. Nur der Sohn eines Adligen wird dich heiraten können.«

»Nein! Kamose, nein ...«

»Du darfst die Wirklichkeit nicht zurückweisen«, entgegnete der junge Mann beharrlich. »Ohne die Einwilligung deines Vaters ist unsere Verbindung unmöglich.«

Nofret hatte nicht gewusst, was Leiden bedeutet. Der Schmerz, der ihr nun das Herz zerriss, war unerträglich. Sie würde nicht darauf verzichten, mit Kamose zu leben, sollte sich auch das gesamte Land gegen sie verbünden.

Warum verwandelte sich das Lächeln des Schicksals in eine teuflische Fratze?

Die Nacht war lau, die Oase lag verlassen. In der Wüste riefen sich Schakale. Sie machten sich auf die Suche nach Kadavern. In der Unterwelt durchquerte die Sonne die Bezirke des Todes.

»Unser Glück ist hier«, sagte Nofret. »Verlassen wir diesen Palmenhain nicht mehr.«

»Das ist doch auch nur ein Traum, Nofret. Diese Welt ist schrecklich. Ich hielt sie für rein und gerecht. Aber sie ist die Beute von Plünderern. Man braucht nur Gewalt anzuwenden, um seine Habgier zu befriedigen.«

»Sei nicht so düster ...«

»Nenne mir Gründe für Hoffnung. Ich sehe keinen.«

Verzweifelt suchte die junge Frau nach einer Antwort.

»Es gibt nur noch eine Lösung«, erklärte Kamose entschlossen.

»Welche?«

»Die Ursache des Übels zu beseitigen.«

Nofret sah ihn angsterfüllt an.

»Was willst du damit sagen?«

»Dieser Soldat Setek hat das Unglück gebracht. Er verdient es nicht, zu leben.«

»Du hast kein Recht, so zu reden, Kamose. Alle Menschen gehören zur Herde Gottes. Ihr Leben liegt in seinen Händen, nicht in unseren. Du kannst die Hand nicht gegen einen von deinesgleichen erheben. Du würdest für alle Ewigkeit verdammt.«

»Hat er etwa gezögert zu töten, dieser große Held?«

»Er war Soldat, Kamose. Er hat unser Land gegen seine Feinde verteidigt. Er hat sein Leben riskiert, um unseres zu retten.«

»Wenn dieser Mann als Held angesehen wird, verdient unser Land nicht, dass es verteidigt wird. Ich werde Setek mit meinen eigenen Händen töten, Nofret. Ich werde die Gerechtigkeit herbeiführen, die die Gesellschaft meinen Eltern verwehrt.«

Zärtlich legte Nofret den Kopf auf Kamoses Knie.

»Handle nicht so, ich flehe dich an. Du würdest unser beider Leben zerstören. Heute stehen wir im Dunkeln. Morgen kommt eine neue Sonne. Wir lieben uns, Kamose, das Schicksal hat uns vereint. Legen wir unsere Hoffnung in die Zukunft, die wir erbauen werden.«

Diese Worte richteten den jungen Mann auf, auch wenn er sich unfähig fühlte, daran zu glauben.

»Du bist wunderbar, Nofret. Die wunderbarste aller Frauen.«

»Hab Vertrauen zu mir, Kamose. Wenn wir völliges Vertrauen ineinander bewahren, werden wir es schaffen.«

»Ich werde meine Eltern nicht aufgeben. Wenn ich sie vergessen würde, würde ich vor mir selbst nicht bestehen können, und du könntest mich nicht mehr lieben. Auch du wirst die Deinigen nicht aufgeben.«

Nofret stand auf und stellte sich vor Kamose.

»Schwöre mir, dass du Setek nicht töten wirst!«

Ihr Blick leuchtete hell. Kamose war gebannt.

»Ich bin Hathor-Priesterin«, erinnerte ihn Nofret. »Meine Schwestern werden mir helfen. Wenn du mich liebst, wirst du eine solch verwerfliche Tat nicht begehen.«

»Ich gebe dir mein Wort, Nofret.«

Erleichtert lächelte sie.

Keiner von beiden wollte vom nächsten Morgen sprechen. Ein Morgen, der ihre Trennung bedeuten würde.

»Beten wir zusammen«, bat Nofret. »Rufen wir die Göttin Hathor an.«

»Ich kenne die rituellen Worte nicht ...«

»Gib mir deine Hand. Unsere Herzen werden gemeinsam sprechen.«

In der von süßen Wohlgerüchen erfüllten Nacht psalmodierte die Stimme der jungen Frau alte Beschwörungsformeln, die noch aus der Zeit stammten, als die Pharaonen Pyramiden bauten.

»Göttin der Liebe«, sang Nofret, »Herrscherin der Sterne, Du, die Du Dich in der himmlischen Kuh verkörperst, die das Universum mit ihrer Milch nährt, lasse nicht zu, dass gelöst wird, was wir auf dieser Erde gebunden haben. Du bist die Goldene, die vom göttlichen Golde glänzt, Du machst die Liebenden trunken, Du lässt Geist und Körper jubeln. Du, die Du Gottes Wort in Dir birgst, erhelle unseren Weg.«

Die lange Stille, die auf Nofrets Beschwörung folgte, beruhigte Kamoses Seele. Er wünschte, sie würde nie enden. Die Stimme seiner Geliebten hatte den jungen Mann verzaubert. Die Priesterin hatte ihn weit von der Welt der Menschen und ihren Schändlichkeiten weggeführt.

»Die Göttin hat mich erhört«, sagte Nofret.

Sie sah in die Ferne, als könne ihr Blick die Dunkelheit durchdringen.

»Deine Forderung war richtig, Kamose«, fuhr sie fort. »Der Hauptverantwortliche für das Unglück, das deine Eltern niederdrückt, muss zur Rechenschaft gezogen werden.«

Kamose wunderte sich.

»Setek? Aber du hast mich doch schwören lassen ...«

»Ich spreche nicht von dem Soldaten, sondern von seinem Herrn. Von demjenigen, der den Befehl gab, ihm Land zuzuteilen.«

Erschreckt glaubte der junge Mann, er habe falsch verstanden.

»Nofret ... du willst doch nicht ...«

»Doch, Kamose. Ich will jenen benennen, der das Schicksal aller Menschen kennt, den Herrn Ägyptens: den Pharao.«

17

In Karnak hatte der Pharao gerade die Riten des Sonnenaufgangs vollzogen. Er war allein in den geheimsten Teil des geschlossenen Tempels gegangen und hatte die Türen des letzten Heiligtums geöffnet, das die Statue enthielt, in der sich die göttliche Macht verkörperte.

Er beugte sich vor ihr nieder und bat sie, in Frieden zu erwachen, er kleidete sie an, parfümierte sie und gab ihr zu essen. Er bot dieser verborgenen Macht nicht den materiellen Aspekt der Dinge, sondern das den Menschen unzugängliche feinstoffliche Wesen einer jeder Sache dar.

Nachdem er die Riten vollzogen hatte, war Ramses der Große wieder in seinen Palast gegangen, um dort wie jeden Morgen den Rat der Weisen einzuberufen, in dessen Gesellschaft er die großen Entscheidungen fällte, die Ägyptens Wohlstand und Zukunft sicherten.

Unter ihnen war auch der Alte. Der Pharao bezeugte ihm größten Respekt, denn er äußerte seine Meinung zwar selten, aber sie war von größtem Einfluss.

An diesem Morgen hatte der Rat der Weisen den Bau eines neuen Tempels im Nildelta beschlossen. Der Alte hatte nichts dagegen gehabt. Als die Würdenträger den Saal verließen, stützte sich der Alte auf einen Stock und hatte anscheinend Mühe, ihnen zu folgen. Trotz seines hohen Alters hatte er jedoch keinerlei Schwierigkeiten mit dem Gehen. Es handelte sich um einen Code zwischen dem Pharao und ihm. Es gab keine bessere Methode, unauffällig um eine Unterredung zu bitten. Der Pharao näherte sich seinem alten Lehrer, stützte ihn und führte ihn zu einem Büro des Palastes, in dem es angenehm kühl war. Dienerinnen brachten Bier und Obst. Die beiden Männer nahmen auf wunderbar vergoldeten Holzstühlen Platz.

»Ich höre Euch zu, Meister«, sagte Ramses der Große. »Was habt Ihr für ein Anliegen?«

»Keines, Majestät. In meinem Alter wartet man ruhig darauf, dass der Tod einen vor Osiris' Gericht führt.«

»Keine Annäherungsversuche an Osiris«, befahl der Herrscher. »Ägypten braucht Euch noch.«

»Ihr habt nicht die Angewohnheit, Euren Freunden zu schmeicheln, Majestät. Fangt nicht damit an. Sonst fühle ich mich verpflichtet, streng zu werden.«

»Mögen die Götter mir Euren Zorn ersparen! Wenn Ihr kein Anliegen habt, so wollt Ihr mir gewiss Kritik an meinem Verhalten vortragen.«

Der Alte hatte die Hände um seinen Stock gefaltet und nickte.

»Das wird auch noch kommen, Majestät. Vorerst beschäftigt mich meine Schreiberschule.«

»Seit zehn Jahren wünsche ich nun, dass Ihr Euch in einem Flügel des Palastes einrichtet, aber Ihr weigert Euch hartnäckig. Ihr zieht es vor, Euer schlichtes Büro zu behalten.«

»Ich möchte keine neuen Räume. Die vorhandenen sind vollkommen ausreichend. Die jungen Leute dürfen nicht in Luxus und Bequemlichkeit erzogen werden, das verdirbt nur die Seele.«

Ramses der Große lächelte. Der Alte hatte sich nicht verändert. Er verkörperte das ewige Ägypten, das Ägypten der Erbauer und der Schriftsteller für die Ewigkeit, das aufrechte Männer ausbildete, die fähig waren, ihr Leben zu gestalten und jeglicher Gegnerschaft zu trotzen.

»Sagt mir nicht, dass es Euch an Paletten und Schreibbinsen mangelt«, brachte der Pharao vor. »Ich werde den Verantwortlichen auf der Stelle züchtigen lassen.«

»Eure Verwaltung funktioniert nicht allzu schlecht, Majestät. Es ist nicht alles vollkommen, aber sie hindert die Schüler nicht am Arbeiten.«

Ramses begann sich Sorgen zu machen. Gewöhnlich sagte der Alte klar, worum es ihm ging.

»Ich habe die Absicht, meine Schreiberschule vorübergehend zu schließen«, kündigte dieser an.

Der Pharao war wie erstarrt.

»Eure Schule schließen? Das ist die schlechteste Nachricht, die ich je gehört habe! Ihr habt die besten Schreiber dieses Landes ausgebildet, mein Meister. Wenn ich über rechtschaffene Richter, kompetente Bauleiter und Leiter des Katasters verfüge, die über jeden Verdacht erhaben sind, dann dank Eurer Arbeit! Warum solltet Ihr Eure Tätigkeit beenden? Ihr seid noch nicht so alt und bei ausgezeichneter Gesundheit!«

»Ihr hört meinen Worten nicht aufmerksam zu, Majestät. Ich habe gesagt: vorübergehend.«

»Was ist der Grund für diese außergewöhnliche Entscheidung?«, fragte der Pharao verwundert.

»Das ist noch schwer zu erklären«, antwortete der Alte rätselhaft.

»Gebt Ihr mir keinen Hinweis?«

»Ich muss mich um einen Taugenichts kümmern.«

»Wollt Ihr damit sagen ... dass Ihr zum Privatlehrer eines jungen inkompetenten Schreibers werden wollt?«

»Etwas in dieser Art, in der Tat.«

Ramses der Große war verblüfft.

»So habt Ihr nur zwei Mal reagiert«, erinnerte sich der Pharao. »Ihr wart mein Privatlehrer und der eines meiner Söhne, den ich für den Thron bestimmt habe. Und wir waren keine ... Taugenichtse.«

»Niemand weiß, was Ihr ohne den Unterricht des Weisen geworden wärt«, wandte der Alte ein. »Aber Ihr habt verstanden, auf ihn zu hören.«

»Wer ist dieser Ausnahmeschüler?«, fragte der König.

»Ausnahmeschüler?«, wiederholte der Alte unzufrieden. »Ein einfacher Schlingel, störrisch, selbstgefällig, aufbrausend, der hundert Stockschläge verdient hätte!«

»Ich verstehe Euer Vorgehen nicht«, gestand Ramses der Große. »Ihr beschreibt mir tatsächlich einen Taugenichts, und Ihr, der gelehrteste aller Schreiber, wünscht, ihm all Eure Zeit widmen zu können!«

»Es macht mir kein Vergnügen«, räumte der Alte ein. »Ich hätte wahrlich andere Aufgaben zu erfüllen. Aber ich habe in den heiligen Zeichen gelesen, dass dies meine Aufgabe sei.«

Der Pharao wusste, dass niemand, nicht einmal er selbst, den Alten umstimmen konnte.

»Ich vermute, Euer Schüler legt eine nicht geringe Begabung für die Wissenschaft der Schreiber an den Tag.«

»Eine nicht geringe, in der Tat«, räumte der Alte ein.

Aus seinem Mund war das ein gewaltiges Kompliment. Der König selbst hatte von seinem Lehrer nie ein derart positives Urteil erhalten.

»Dieser Junge muss ganz besonders stolz auf Eure Entscheidung sein«, vermutete Ramses der Große.

»Das ist nicht der Fall.«

»Aber warum? Ist er sich ihrer Bedeutung nicht bewusst?«

»Er weiß noch nichts von ihr«, verriet der Alte.

Nofret war nicht in die Villa zurückgekehrt. Sie hatte beschlossen, Kamose in den Tempel von Deir el-Bahari mitzunehmen, wo ein bedeutendes Kollegium von Hathor-Priesterinnen seinen Sitz hatte.

Nofret kannte die oberste Priesterin, eine sehr schöne Frau, deren Aufgabe darin bestand, die wichtigsten Zeremonien zu leiten. Die Priesterin mochte Nofret seit ihrer Kindheit. Sie hatte sie die Kunst gelehrt, das Sistrum zu spielen, jenes merkwürdige Musikinstrument, das einen metallischen Klang hervorruft, der Dämonen und schlechte Einflüsse abzuwehren vermag.

Dem Tempel vorgelagert war ein weitläufiger Garten, dessen Prunkstück eine Reihe von Weihrauchbäumen war. In ihrem Schatten wandelten Priester. An diesem Ort wurde die Seele der großen Königin Hatschepsut verehrt. Das Heiligtum war Amun-Re geweiht, dem König der Götter, Anubis, dem Schakal, dessen Aufgabe es ist, die Gerechten auf die Wege zum Jenseits zu führen, und der Göttin Hathor, die in Form einer Kuh dargestellt war, die die Königin säugt.

Kamose war hingerissen. Er hätte gerne über die Macht verfügt, die Zeit anzuhalten und hier in diesem von den Weisen geschaffenen Paradies zu bleiben, in Begleitung der Frau, die er heiraten wollte.

Nofret und Kamose gingen langsam und genossen jeden Augenblick ihres unerbittlich fliehenden Glücks.

Am unteren Ende der Rampe, die zu dem in den Berg gegrabenen Heiligtum hinaufführte, wurden die beiden jungen Leute von einem Aufseherpriester angehalten.

»Ich bin Hathor-Priesterin«, erklärte Nofret.

»Wenn du die Wahrheit sagst, so kennst du die Losung.«

»Der Mann ersteht in Osiris wieder auf, die Frau in Hathor.«

Der Wächter ließ die junge Frau vorbei, hielt Kamose aber zurück.

»Warte auf mich und werde nicht ungeduldig«, riet sie ihm.

Die oberste Priesterin arbeitete in Begleitung von etwa zehn jungen Priesterinnen vor den Flachreliefs, die den Gott Anubis mit Menschenkörper und Schakalkopf zeigten.

»Er entledigt die Natur der Kadaver«, erklärte sie ihnen. »Aber er begnügt sich nicht mit dieser Aufgabe. Er kennt die Geheimnisse der Mumifizierung. Wenn der Mensch vom Gericht des Jenseits als gerecht anerkannt wird, vertraut es Anubis seinen Lichtkörper an. Der Gott lehrt ihn die Zaubersprüche, die es ihm erlauben, friedlich auf den schönen Wegen des Jenseits zu wandeln.«

Die Priesterin verstummte, als sie Nofret kommen sah. Sie schickte ihre Schülerinnen weg.

Nofret näherte sich ihr und verneigte sich.

»Wie glücklich ich bin, Euch zu sehen ...«

»Ich auch«, antwortete die Priesterin. »Aber es gehört nicht zu deinen Gewohnheiten, den Unterricht zu stören. Du hast hierin häufig deine Unnachsichtigkeit gezeigt, Nofret. Um unsere Ordnung derart zu verletzen und mich zu zwingen, dich unerwartet zu empfangen, musst du wirklich einen sehr guten Grund haben.«

Nofret betrachtete ein Kapitell, das das Gesicht der Göttin Hathor darstellte. Sie hatte ein bezauberndes Lächeln, das vollendete, heitere Gelassenheit ausstrahlte. Die junge Frau flehte die Herrscherin der Sterne an, ihr den Mut zu verleihen, den sie brauchen würde.

»Hathor hat mir die Liebe enthüllt«, sagte Nofret. »Sie hat mein Herz geöffnet und es mit dem größten Glück gefüllt.«

Die Priesterin nahm Nofret in die Arme.

»Ich bin glücklich für dich, mein Kind. Du wirst zur Frau und Eingeweihten. Du wirst die Fülle des Lebens kennen lernen.«

»Hathor hat mir die Liebe enthüllt«, wiederholte Nofret mit erstickter Stimme. »Aber das Glück, das sie mir darbietet, ist unmöglich.«

18

Die oberste Priesterin spürte die Verzweiflung der jungen Priesterin, die sie unter allen anderen ganz besonders liebte.

»Komm, Nofret. Gehen wir auf die höchste Terrasse des Tempels hinauf. Lass uns dort unter dem wohlwollenden Auge des Sonnengottes Re sprechen.«

Das Heiligtum der Göttin war in den Felsen geschlagen worden. Die Rückseite des Allerheiligsten war der Felsen selbst.

Von der höchsten Stelle des Gebäudes mit übereinander liegenden Säulenreihen ging der Blick über sonnenbeschienenes Land, Dinkel- und Bohnenfelder und den Nil mit seinem strahlenden Blau, der das Leben durch den Körper des Landes fließen ließ.

»Du liebst jemanden, der nicht der Kaste der Adligen angehört, Nofret. Ist das der Grund für dein Unglück?«

»So ist es tatsächlich.«

»Er ist jung, hat einen unbeugsamen, ungestümen Charakter, lehnt alle Kompromisse ab und würde gern Gerechtigkeit in der Welt herrschen sehen.«

»Woher wisst Ihr das?«

»Du kannst nur einen solchen Mann lieben. Die jungen Adligen von Theben sind viel zu schwächlich und zu beschränkt, um dir gefallen zu können. Aber der, den du heiraten möchtest, ist nicht adlig. Es wird nicht leicht sein, gegen deinen Vater zu kämpfen.«

»Das ist nicht die einzige Schwierigkeit«, gestand Nofret. »Die Eltern desjenigen, den ich liebe, müssen eine Ungerechtigkeit erdulden.«

»Dank der Stellung deines Vaters dürfte es nicht schwer sein, diese Ungerechtigkeit zu beseitigen«, bemerkte die Priesterin.

»Mein Vater kann nichts für uns tun. Es geht um einen Veteranen, der als Held gilt. Der Pharao hat die Soldaten belohnt, die ihm gedient haben. Das ist völlig normal. Bei dieser Gelegenheit hat es einen Fehler gegeben. Es ist Aufgabe des Pharao, ihn wiedergutzumachen.«

Die Priesterin sah Nofret aufmerksam an.

»Habe ich recht verstanden, du willst wegen einer so kleinen Angelegenheit eine Unterredung beim Pharao erreichen?«

»Das ist keine kleine Angelegenheit«, widersprach Nofret. »Es ist eine Ungerechtigkeit. Sie steht im Widerspruch zum ewigen Gesetz Ägyptens. Der Pharao steht für das Glück seines Volkes ein. Er ist dafür verantwortlich und darf sich seinen Pflichten nicht entziehen.«

»All das ist richtig«, räumte die Priesterin ein. »Aber verfügst du über Beweise für das, was du vorbringst?«

Nofret zögerte. Lügen war ihr zutiefst zuwider.

»Ich bin überzeugt von dem, was ich vorbringe.«

»Der Junge, den du liebst, hat großes Glück«, sagte die Priesterin. »Du bist wirklich sehr verliebt in ihn.«

»Als oberste der Priesterinnen seht Ihr den Pharao bisweilen«, begann Nofret und bat: »Könntet Ihr Euch zu unseren Gunsten einsetzen und ihn anflehen, uns eine Unterredung zu gewähren?«

»Das überschreitet bei weitem meine Vorrechte, Nofret. Wer ist dein Gefährte?«

»Ein junger Bauer, der in die Schreiberschule von Karnak eingetreten ist. Dort hat er erfolgreich seine erste Prüfung abgelegt.«

»Auch der König unterliegt den Regeln. Er wird ihn an die Gerichtsbarkeit der Schreiber verweisen.«

»Er beklagt sich über nichts. Er kämpft für das Glück seiner Eltern, denen man ihr Land gestohlen hat.«

»In diesem Fall wird das Kataster darüber urteilen.«

Nofret war verzweifelt. Es gab keinen Ausweg. Kamose war viel zu rechtschaffen, um seine Eltern dem eigenen Glück zu opfern. Und was Richter Rensi betraf, so hatte dieser sich seine Meinung gebildet und seine Entscheidung zu ihren Ungunsten gefällt.

So schien sich also auch das Schicksal entschieden zu haben. Aber Nofret würde es nicht hinnehmen. Sie war nicht willens, sich zu beugen, bevor sie nicht bis ans Ende ihrer Kräfte gekämpft hatte.

»Wenn Ihr mir keine Hilfe gewähren könnt, kann ich nur noch nach Hause zurückkehren und mich auf meinen nächsten Aufenthalt im Tempel vorbereiten.«

»Das wäre in der Tat weise.«

»Lasst Ihr mich zur Prozession anlässlich des schönen Talfests zu?«

»Das hängt von dir ab. Den Ritus der Braut des Nil hast du fehlerfrei vollzogen. Wärst du bei diesem Fest gerne Lichtträgerin?«

»Es wäre mein höchster Wunsch«, antwortete Nofret demütig.

»Wenn die Priesterinnen des geschlossenen Tempels damit einverstanden sind, so habe ich nichts dagegen.«

Ehrerbietig küsste Nofret die Hände der Priesterin und verließ die Terrasse des Tempels, um wieder in die Gärten hinunterzugehen.

Was verbarg sich hinter diesem plötzlichen Wandel? Aus der jungen leidenschaftlichen, verliebten Frau war von einem auf den anderen Moment eine ruhige, selbstbeherrschte Priesterin geworden. Man hätte schwören können, Nofret hätte plötzlich die Liebe vergessen, um sich nur noch ihren religiösen Aufgaben zu widmen.

Die Priesterin dachte über die letzten Fragen Nofrets nach. Sie wollte Lichtträgerin bei dem schönen Talfest werden, bei dem die Seelen der Toten auf dem westlichen Ufer mit denen der Lebenden in Kontakt traten.

Ein Fest, bei dem der Pharao seinen Palast in Theben verließ und sich an genau dieses Ufer begab.

Die Diener von Richter Rensi zitterten an allen Gliedern. Wutentbrannt war ihr Herr hereingekommen und hatte lautstark gedroht, den nächsten Urlaub zu streichen, falls man seine Tochter nicht innerhalb der nächsten Stunde finden würde.

Das gesamte Haus hatte sich auf die Suche nach ihr gemacht.

Vergeblich.

Tief besorgt ging der Richter in seinem Büro auf und ab, als Nofret in hinreißender Aufmachung in der Tür erschien. Sie war dezent geschminkt, trug ein neues Kleid, war barfuß und höchst elegant.

»Nofret, endlich! Wo warst du denn?«

»Entschuldigt bitte, dass ich Euch Sorgen bereitet habe, mein Vater. Ich war mit Kamose zusammen. Da Ihr ihm befohlen hattet, Euer Haus zu verlassen, sind wir auf dem Land spazieren gegangen.«

»Du kannst diesen Jungen nicht heiraten, Nofret. Das ist eine Torheit.«

Die junge Frau senkte gefügig den Kopf.

»Ich bin mir dessen bewusst geworden, mein Vater. Ich weiß, dass ich einen schweren Fehler begehen würde. Er und ich haben lange miteinander gesprochen. Wir haben eingesehen, dass wir einen falschen Weg eingeschlagen haben.«

Auf Richter Rensis Gesicht begann sich ein breites Lächeln abzuzeichnen.

»Willst du damit sagen ... dass ihr endgültig miteinander gebrochen habt?«

Nofret hielt den Kopf weiter gesenkt.

»Ich bleibe hier, um mich auf die Rituale des schönen Talfests vorzubereiten. Ich hoffe, dabei eine wichtige Rolle zu bekommen.«

Rensi nahm seine Tochter in die Arme.

»Wie glücklich ich bin, Nofret! Ich wusste, dass dein Verstand über die Leidenschaft siegen würde. Du wirst diese Rolle bekommen. Verlass dich auf meine Hilfe.«

Kamose benutzte die Fähre, um auf das andere Ufer zu gelangen. Auf ihr fuhren Bauern, Esel und Ochsen. Zwischen Menschen, Tieren und Strohkörben voller Getreide und Gemüse blieb kein Daumenbreit Platz mehr.

Der Fährmann manövrierte sein schweres Schiff unglaublich geschickt. Mühelos nutzte er die Strömung.

Der junge Mann versank in der Betrachtung des göttlichen Stroms, der Ägypten jedes Jahr Wohlstand brachte, weil der Pharao gerecht gehandelt und ohne Fehler die Riten vollzogen hatte; der Pharao, der für die ewige Ordnung bürgte, der Mittler zwischen Himmel und Erde.

Der Pharao würde die Wahrheit ans Licht bringen. Es konnte nicht anders sein. Sonst wären all die Tempel, all die

Pyramiden, all die Riten nur Lüge und Heuchelei. Sonst würde Kamose nichts anderes übrig bleiben, als in die Wüste zu gehen und auf immer die Welt der Menschen zu fliehen.

Aber da war Nofret ... Nofret, die ihn jede Minute stärker liebte. Nofret, die den Weg gefunden zu haben glaubte, bei dem schönen Talfest eine Unterredung mit dem Pharao zuwege zu bringen. Zunächst wollte sie ihren Vater davon überzeugen, dass Kamose und sie endgültig miteinander gebrochen hätten, sie musste ihm vorgaukeln, dass sie eingesehen hätten, wie unmöglich ihre Liebe sei. Viel entscheidender aber war, dann die Rolle der Lichtträgerin während des Festes zu erhalten.

Nofret hoffte, es zu schaffen.

Sie musste es schaffen.

Der Fährmann, ein großer, magerer Mann, kam auf Kamose zu.

»Bist du der Sohn von Geru und Nedjemet?«

»Ich bin es. Aber warum ...«

»Da ist ein Fischer, der dich überall sucht. Er hat vielen Fährleuten deine Beschreibung gegeben. Er erwartet dich auf dem Fischkai.«

»Was ist los?«, fragte Kamose. »Warum wolltest du mich so rasch sehen?«

Der Fischer war völlig durcheinander.

»Deine Mutter ist krank, Kamose. Seit zwei Tagen arbeitet sie nicht mehr.«

»Was hat sie?«

»Der Wanderarzt hat ihr Mittel gegeben, die nicht wirken. Der Bürgermeister wird einen Arzt aus Theben rufen. Weder dein Vater noch deine Mutter haben gewagt, darum zu bitten ... Aber ich bin sicher, dass sie dich gerne bei sich hätten. Sie wissen, dass du im Tempel zurückgehalten wirst. Ich ... ich habe ihnen nicht sagen können ...«

Kamose geriet in Rage.

»Sprich! Was hast du ihnen verschwiegen?«

»Wir sollten uns gestern hier auf dem Kai treffen. Du bist nicht gekommen. Ich bin zum Tempel gegangen. Ich habe nach dir gefragt. Die Wachen im Viertel der Schreiber haben dich suchen lassen. Ich habe erfahren, dass du den Tempel verlassen hast, Kamose. Wenn deine Eltern das wüssten, würden sie vor Kummer sterben.«

»Das kannst du nicht verstehen«, entgegnete der junge Mann barsch. »All das hat keinerlei Bedeutung. Ich kehre mit dir ins Dorf zurück.«

Der Fischer und Kamose begaben sich mit eiligen Schritten zu dem Schiff, das den jungen Mann vor mehr als drei Jahren nach Theben gebracht hatte.

Am Rand des Kais stand ein Greis, der sich auf einen Stock stützte.

»Du wirst nicht zu diesem Boot hinuntersteigen«, erklärte der Alte. »Du kommst mit mir zurück in den Tempel.«

19

Kamose war verblüfft, den Alten hier zu sehen. Der junge Mann brauchte ein wenig Zeit, um sich von der Überraschung zu erholen.

»Ich muss nach Hause. Meine Mutter ist krank.«

»Ich weiß. Ich habe dir schon einmal geraten, nicht zu reden, wenn du nichts zu sagen hast. Du kommst zurück in den Tempel.«

»Ich weigere mich. Meine Mutter wartet auf mich.«

»Deine Mutter wartet nicht auf dich. Dieser Fischer hat ihr versichert, dass du dich auf deine zweite Schreiberprüfung vorbereitest. Wenn du zu ihr zurückkehrst, wird sie sofort begreifen, dass du durchgefallen bist. Kannst du dir ihren Kummer vorstellen?«

Kamose fühlte sich in einem Strudel gefangen, gegen den er keinen Widerstand leisten konnte.

»Ihr habt kein Herz … Ihr könnt nicht wissen, was ich empfinde …«

»Das ist mir in der Tat völlig gleichgültig. Natürlich bist du der einzige Sohn, der seine Mutter liebt. Schluss jetzt mit den Dummheiten! Du hast viel nachzuholen.«

Der Alte nahm den Stock zu Hilfe, verlieh damit seinen Schritten Nachdruck und wandte sich in Richtung Tempel. Kamose hatte weiche Knie und konnte den raschen Schritten des Alten nur mühsam folgen. Der Fischer stand reglos auf dem Kai und wusste nicht, was er denken sollte.

Ein junger Mann mit schwarzem Schnurrbart und einem Silberhalsband kam auf ihn zu. Er trug zwei Taschen.

»Bist du der Freund der Dame Nedjemet?«, fragte er ihn.

»Ja. Was willst du von ihr?«

»Sie heilen. Ich bin einer der Ärzte des Palastes. Du sollst mich zu ihrem Dorf führen.«

»Sitz nicht so niedergeschlagen da«, befahl der Alte Kamose. »Du machst dich lächerlich. Antworte auf meine Fragen.«

Der junge Mann fühlte sich kraftlos. In den letzten Stunden waren zu viele Aufregungen zusammengekommen. Auf der einen Seite war es tröstlich, wieder im Büro des Alten zu sein. Auf der anderen fühlte er sich als Gefangener böser Geister, gegen die zu kämpfen er keinen Mut mehr hatte.

»Ich habe keine Lust mehr, Schreiber zu werden«, sagte er schließlich. »Meine Mutter braucht mich.«

»Ein Kind soll seine Mutter lieben und ihr alles zurückgeben, was sie für es getan hat«, erwiderte der Alte. »Es muss ihr reichlich Brot geben und sie stützen, so wie sie es gestützt hat. Sie hat ihm das Leben gegeben und es jahrelang mit ihrer Milch ernährt. Sie empfand keinen Ekel, es zu säubern.«

»Wenn Ihr so denkt, warum hindert Ihr mich daran, nach Hause zurückzukehren?«

»Wisse, dass du frei entscheiden kannst, wohin du gehst, mein Junge, und dass ich mich um die Gesundheit deiner Mutter gekümmert habe. Aber gewiss reicht mein Wort dir nicht aus.«

Kamose kniete vor dem Alten nieder und küsste ihm die Füße.

»Die Höflichkeit kehrt wieder zu dir zurück. Das bestärkt mich in dem Glauben, dass Wunder möglich sind.«

»Wie könnte ich Euch danken ...«

»Du wirst mir gegenüber nie genug Dankbarkeit besitzen. Es sei denn, du würdest meine Fragen ohne einen Fehler beantworten. Wir werden die Grammatik da aufnehmen, wo wir aufgehört haben, und mit der Lektüre eines juristischen Textes fortfahren. Hoffen wir, dass du nicht alles vergessen hast.«

Als er Kamoses Antworten hörte, verbarg der Alte seine Befriedigung und ließ ihn härter arbeiten als jeden anderen Schüler.

Der junge Mann hatte nicht nur nichts vergessen, sondern erkannte instinktiv die schwierigsten grammatikalischen Regeln. Es fiel ihm leicht, einen Text zusammenzufassen und dabei das Wichtige vom Unwichtigen zu trennen.

Sein Gedächtnis speicherte die Wörter mit erstaunlicher Geschwindigkeit.

Der Alte hatte sich nicht getäuscht. Er hatte hier einen Ausnahmeschüler vor sich, dessen inneres Feuer man leiten musste.

Eine Woche lang zwang der Alte Kamose dazu, Stunden um Stunden zu arbeiten und seine Schlafenszeit auf ein Minimum zu reduzieren. Der junge Mann nahm die Herausforderung an und war am Ende nicht einmal erschöpft. Auf diese Weise testete der Alte seine Widerstandskraft und seine Konzentrationsfähigkeit. Das Ergebnis war höchst erfreulich.

»Meister«, fragte Kamose zögernd, »ich würde gerne ...«

»Glaubst du wirklich, du dürftest dir erlauben, mich um einen Gefallen zu bitten? Du hast gerade mal deinen Rückstand aufgeholt. Die Prüfung findet in weniger als einem Monat statt. Du weißt, dass der Zustand deiner Mutter sich nicht verschlechtert hat, – um was solltest du dich anderes kümmern dürfen als um das Lernen?«

»Ich erkenne meine Fehler an. Aber ich würde gern ...«

»Ich schenke dir den Nachmittag. Bei Sonnenuntergang musst du zurück sein. Sonst schließen sich die Tore des Tempels endgültig für dich.«

Es war die Stunde der größten Hitze des Tages. Auf den Feldern hielten die Bauern ihren Mittagsschlaf unter einer Akazie oder einer Tamariske. Auch die Ochsen und Hunde suchten ein wenig Schatten. Die Adligen in den Villen dösten unter ihren Lauben. Die Arbeit ruhte so lange, bis die Sonne weniger stark brennen würde.

Selbst die Krokodile waren eingeschlafen. Da die Fähre erst losfahren würde, wenn sie maximal beladen war, überquerte Kamose den Nil schwimmend.

Nofret hatte versprochen, ihn jeden Tag zu dieser Stunde in dem Palmenhain zu erwarten, in dem sie sich ihre Liebe gestanden hatten. Niemand würde sie dort überraschen.

Der junge Mann schwamm schnell. Das Wasser klatschte gegen seinen Körper. Er rannte bis zum vereinbarten Treffpunkt. Seine bloßen Füße spürten weder den Sand noch die glühend heißen Steine.

Kamose hätte seine Freude am liebsten hinausgeschrieen.

Aber der Schrei blieb in seiner Brust stecken. Die Oase war leer.

Kamose lief um die Palmen, den Brunnen herum, suchte den Ort ungläubig ein zweites Mal ab, ein drittes Mal ...

Nofrets Abwesenheit konnte nur eine einzige Erklärung haben: Sie hatte ihn verraten. Sie hatte ihrem Vater gehorcht, weil ihr klar geworden war, dass sie sich ihren künftigen Mann aus der Kaste der Adligen auswählen musste.

Kamose ließ sich am Fuß einer Palme niedersinken. Niemals mehr würde er dem Wort einer Frau Glauben schenken.

Er ließ sich von der Müdigkeit übermannen. Er hatte keine Lust mehr, zu kämpfen. Im Schatten der Palmen schlief er ein.

Das Land war übersät mit Blumen. Tausende von Bauern

jubelten Kamose und Nofret zu, die sich umschlungen hielten. Der Pharao persönlich leitete die Zeremonie.

Nofret küsste Kamose. Der Geschmack ihrer kühlen Lippen erregte sein Herz. Er schloss sie in die Arme.

»Nicht so stürmisch, mein Geliebter.«

Der junge Mann öffnete die Augen.

Sie war da. Direkt vor ihm. Er drückte sie an sich.

»Du bist kein Traum ...«

»Nein, Kamose. Ich bin real. Aber du hast geträumt.«

»Wir haben in Anwesenheit des Pharao geheiratet, und man jubelte uns zu.«

»Du wirst hochtrabend«, sagte sie lächelnd. »Mir wäre ein wenig Zurückhaltung lieber.«

»Warum bist du so spät gekommen?«

»Der Koch meines Vaters hatte ein vorzügliches Essen vorbereitet, auf das er besonders stolz war. Ich war gezwungen, von allen Gerichten zu probieren. Die Diener der Villa haben den Befehl erhalten, mich zu überwachen. Richter Rensi ist nicht naiv. Ich glaube, ich habe ihn überzeugt, aber ich bleibe lieber vorsichtig.«

»Ich habe nicht viel Zeit«, sagte Kamose. »Vor Sonnenuntergang muss ich wieder im Tempel sein. Der Alte lässt mich härter arbeiten als einen Lastesel.«

»Ich habe gute Neuigkeiten«, verkündete sie hoffnungsfroh. »Ich habe mich in den Tempel von Deir el-Bahari begeben und mich noch einmal mit der obersten Priesterin getroffen. Ganz bestimmt vertraut man mir bei dem Fest die Aufgabe der Lichtträgerin an.«

»Ist der Pharao dann auch anwesend? Schickt er nicht einen Vertreter?«

»Er misst der Zeremonie große Bedeutung bei. Er wird von den höchsten Würdenträgern des Königreiches begleitet, darunter mein Vater.«

»Glaubst du wirklich, dass wir es schaffen?«

»Hathor schützt mich. Ich bin ihre Priesterin. Sie hat uns schon erlaubt, uns zu begegnen. Warum sollte sie uns ihre Magie verweigern?«

»Meiner Mutter geht es nicht gut«, berichtete Kamose. »Aber der Alte hat mir versichert, man würde sie behandeln. Ich habe daher eingewilligt, im Tempel zu bleiben. Ich will versuchen, eine weitere Prüfung abzulegen.«

Nofret sah Kamose gerade in die Augen.

»Wenn du eingewilligt hast, so hart zu arbeiten, dann liegt das daran, dass es dich danach drängt. Du willst Schreiber werden, nicht wahr?«

Kamose widersprach nicht. Nofret las besser in seiner Seele als er selbst.

»Ich weiß nicht, wie ich es ausdrücken soll ... Ich habe den Eindruck, dass der Alte mich auf den rechten Weg führt und diese besessene Arbeit uns helfen könnte.«

»Das fühle ich auch«, bestätigte Nofret. »Lass in deinem Eifer nicht nach, mein Geliebter.«

»Der Alte hat mir nicht verhehlt, dass diese Herausforderung meine Fähigkeiten wahrscheinlich übersteigen wird. Die anderen Lehrer haben die Ausbildung ihrer besten Schüler ebenfalls intensiviert. Ich bin nur ein Bauernsohn, Nofret.«

»Und ich nur eine Richtertochter ...«
Die beiden jungen Leute fingen an zu lachen.
Doch die Sonne begann bereits zu sinken.

20

Ein Wunder folgt dem anderen«, bemerkte der Alte griesgrämig. »Du bist pünktlich.«

Auf seinen Stock gestützt, erwartete er Kamose vor der Tür zu seinem Büro. Der junge Mann hatte bis zum letzten Moment gezaudert. Nofret hatte ihn schließlich zwingen müssen, sie zu verlassen. Beinahe hätte er die Fähre verpasst.

»Ich frage dich nicht, woher du kommst.«

»Das ist unnötig, da Ihr alles wisst.«

»Jetzt wirst du auch noch frech ... Es wird dir an keinem Laster mangeln, Kamose. Setz dich hin und schweig. Nicht genug, dass ich dich unterrichten muss, ich muss auch noch das Haus verlassen.«

Knurrend entfernte sich der Alte. Kamose aß ein paar Datteln und genoss den Frieden des zu Ende gehenden Tages. Im geschlossenen Tempel vollzog der Pharao oder der ihn vertretende Priester den letzten Ritus des Tages. Er schloss die Türen des Allerheiligsten wieder, das die Statue des Gottes barg.

Aber das Tempelleben ging weiter.

Die Handwerker, die den göttlichen Stoff, das Gold, bearbeiteten, gingen in ihre Werkstätten. Die Zauberpriester bereiteten bei Fackelschein Heilmittel zu.

Kamose ließ sich von der Ruhe und dem Frieden durchdringen, die den heiligen Ort erfüllten. Seine Qualen ließen nach. Hier standen die Menschen seit Jahrhunderten in Verbindung mit dem Heiligen. Ihre Erfahrung und ihre Weisheit hatten sie in die Mauern eingraviert. Den Blick auf die Hieroglyphen zu richten erweckte diese zum Leben. So setzten sich die göttlichen Worte im Geist des jungen Mannes fest.

Ein Priester mit kahl geschorenem Schädel riss Kamose aus seinen Betrachtungen. Er führte ihn wortlos zum Riesentor des geschlossenen Tempels.

»Aber ... da darf ich doch nicht hinein!«, protestierte er.

Der junge Priester achtete nicht auf den Einwand und schlug mehrfach gegen die Tür.

Einer der Zedernholzflügel öffnete sich einen Spalt. Wächter und Priester wechselten ein paar Worte.

Der Priester griff Kamose am Unterarm und führte den Schreiberlehrling in den geschlossenen Tempel.

Kamose glaubte, sein Herz würde zu schlagen aufhören. Er hatte den Augenblick, in dem er Zugang zum geheimen Teil des Heiligtums erhalten würde und von dem er weder Tag noch Stunde kannte, so sehr erwartet, dass er nicht mehr wusste, wie er sich verhalten sollte. Ein schwaches Licht erhellte die hohen Säulen, die höchsten, die er je gesehen hatte. Sie waren über und über mit Hieroglyphentexten und rituellen Szenen bedeckt, die den Pharao dabei zeigten, wie er den Gottheiten Opfer darbrachte.

»Dir offenbart sich hier eines der größten Geheimnisse unserer Zivilisation«, erklärte die ernste Stimme des Alten. »Alles, was lebt, ist Opfer, Kamose. Die Opfergabe ist das Feuer der Liebe. Sie nährt den Geist. Derjenige, der nimmt und stiehlt und dabei vergisst zu opfern, verurteilt sich zur Zerstörung seiner Seele. Wenn der Mann, den du beschuldigst, deine Eltern beraubt zu haben, ein habgieriger Mensch mit verschlossenem Herzen ist, so werden die Götter ihn züchtigen. Das ist das Gesetz des Himmels. Kein Mensch wird es je verletzen können.«

Kamose war über seine eigene Reaktion überrascht. Das himmlische Gesetz reichte ihm nicht aus. Er wünschte sich, es würde in der Welt der Menschen angewandt. Im geschlossenen Tempel herrschte jedoch eine solche Gelassenheit, dass das in seinem Herzen lodernde Feuer nachließ und nur noch als Glut sanfte Wärme verbreitete.

Der Stock des Alten war auf den Stufen einer Treppe zu hören. Kamose folgte dem alten Schreiber, der ihn auf das Dach des Tempels hinaufführte.

Dort arbeiteten die in Astronomie kundigen Priester, die bei Einbruch der Nacht mit ihren Himmelsbeobachtungen begannen. Schweigend verrichteten sie ihre Arbeit und notierten ihre Beobachtungen auf Papyri und Lederrollen.

Der Alte führte Kamose in eine Ecke und redete leise mit ihm: »Du wirst die Nacht hier mit einem in der Astronomie erfahrenen Priester verbringen«, erklärte er, »und dabei die Planeten und ihre Bewegungen kennen lernen.«

»Wozu dient das?«, fragte Kamose.

»Das soll dir dazu dienen, die unwandelbaren Gesetze des Kosmos zu entdecken – und dich selbst. Du bist ein Sohn der Erde, Kamose, aber du bist auch ein Sohn des Himmels. Die eine wie der andere sind in dir.«

»Bin ich denn in meinen Gedanken und Gefühlen nicht frei?«, fragte Kamose besorgt.

»Wie jedes Lebewesen bist auch du vom Himmel bestimmt«, antwortete der Alte. »Er bietet dir das Material, dich selbst zu erschaffen. Aber du bleibst der Architekt.«

»Von welchem Planeten wird mein Leben beeinflusst?«

»Bei deiner Geburt haben sich die sieben Planeten über dich gebeugt. Man nennt sie die sieben Hathor, und sie tanzen im Himmel um den herum, der geboren wird. Du bist von Mars, dem roten Horus, geprägt und von Jupiter, dem beeindruckendsten aller Planeten. Sie geben dir Kraft, die Fähigkeit zu denken und zu handeln. Aber das sind nur Möglichkeiten, Kamose. Es ist deine Aufgabe, sie zum Wirken zu bringen.«

»Steht auch mein Schicksal in den Sternen geschrieben?«

Der Alte antwortete ausweichend.

»Befrage sie. Sie werden dir antworten. Ich lasse dich nun zurück. In meinem Alter ist es nicht gut, die Nacht im Freien zu verbringen.«

Der junge Priester mit dem kahl geschorenen Schädel ließ den Schüler des Alten niederknien.

In den Steinen des Tempeldachs zeigte er ihm Zeilen, denen er mit dem Finger folgte. Sie stellten die im Laufe der Zeitalter ermittelten Sternbilder dar. Er lehrte ihn ihre Namen sowie die der Planeten und der Dekaden. Dann erklärte er ihm, wie man die periodische Wiederkehr der Planeten berechnet und ihren Einfluss auf die Kreisläufe der Natur deutet.

Gierig speicherte Kamoses Geist dieses ihm gänzlich neue Wissen. Er stellte tausend Fragen, bat um weitere Ausführungen zu den Themen, die er unverständlich fand, und zwang seinen Lehrer, das vorgesehene Programm weit zu überschreiten.

Die Nacht verging viel zu schnell.

Als der Horizont sich rot färbte, fühlte sich Kamose erfüllt und zugleich herrlich leicht.

Die Priester verließen das Dach des Tempels.

Nach einem rituellen Bad würden sie nun ein paar Stunden ruhen. Mit dem anbrechenden Tag begann das Kommen und Gehen der Priester. Die mit den Opfergaben Beauftragten reinigten sich im heiligen See.

Am Fuß der Treppe, die in den geschlossenen Tempel führte, saß der Alte, die Hände auf seinem Stock.

»Hast du eine gute Nacht verbracht, Kamose?«

»Es war fantastisch!«, erklärte der junge Mann. »Warum werden diese Kenntnisse nicht allen Menschen vermittelt?«

»Weil sie nicht bereit sind, sie zu empfangen, mein Junge. Lass sie glücklich in ihren Glaubensvorstellungen leben. Du hingegen sollst ins Reich der Erkenntnis eintreten. Die Erkenntnis – und zwar sie allein – ist es, die dir die Wege zur Ewigkeit öffnen wird. Die Erkenntnis ... nicht das reine Wissen oder der Glaube. Bist du zu müde, mir zu folgen?«

»Natürlich nicht!«

Der Alte und sein Schüler verließen den Tempel. Ein von zwei Pferden gezogener Wagen erwartete sie. Ein Soldat hielt die Zügel.

»Mir graut vor diesem Gerät«, erklärte der Alte. »Es fährt zu schnell!«

Der Soldat achtete darauf, die Buckel auf dem Weg zu vermeiden, der zur Anlegestelle führte.

»Überqueren wir den Nil?«, fragte Kamose.

»Ja, wir begeben uns tatsächlich auf das Westufer«, erklärte der Alte. »Diese Reise habe ich schon zehn Jahre nicht mehr gemacht. Ich habe leider keine andere Möglichkeit, dir ein bedeutsames Zeichen zu zeigen.«

Wer hätte der Herrlichkeit der Morgendämmerung überdrüssig werden können? Wer hätte darauf verzichten wollen, anzusehen, wie der von goldenen Strahlen umflutete Sonnenfluss aus der Dunkelheit auftauchte? Nachdem Kamose die Nacht durchwacht hatte, entdeckte er nun zum ersten Mal die Herrlichkeit des Tages. Der Tag erschien ihm wie der Triumph der Jugend. Wie der Sieg seiner eigenen Jugend.

Ein weiterer Wagen fuhr den Alten und seinen Schüler von der Anlegestelle am Westufer zum Dorfeingang von Deir el-Medineh, wo die Handwerker wohnten, die den Auftrag hatten, die Pharaonengräber zu graben und sie entsprechend der vom Tempel gelehrten Symbolik zu schmücken. Ein von einer lang gezogenen Pyramide überragtes Grab markierte die Schwelle zu dem Bereich, der der Zunft vorbehalten war.

Die Wächter verneigten sich vor dem Alten. Sie erkannten ihn sofort, hatte er doch dem Meister der Zunft die Bedeutung der Hieroglyphen beigebracht. Sie trugen keine Waffen, sondern Steinmetzhämmer. Sie führten den Alten und den Schüler zum Eingang des Grabes.

Kamose entdeckte einen steil hinabführenden Gang.

»Bück dich«, befahl der Alte, »und geh ganz langsam. Wenn du aufrecht stehen kannst, bist du am Ziel.«

Zum ersten Mal betrat Kamose eine Ruhestätte der Ewigkeit. Er wusste, dass sie nicht nur dazu bestimmt war, einen Leichnam zu bergen, sondern auch, die wiederauferstehende Leiche vor äußeren Beeinträchtigungen zu schützen.

Beklommen betrat er den engen Gang, in dem er sich gebückt vorwärts bewegte. Ein Licht leitete ihn.

Als er die Grabkammer entdeckte, erstaunte er erneut. Die Wände und das halbrunde Gewölbe waren über und über mit Malereien in leuchtenden Farben bedeckt.

Der Alte trat zu ihm.

»Sieh dir diese Wand an«, befahl er.

Kamose traute seinen Augen nicht. Er sah einen Mann und eine Frau, die auf den Feldern arbeiteten, er mähte, sie säte. Auf einer benachbarten Szene pflügte er, seine Frau ging hinter ihm her.

»Aber ... das sind meine Eltern!«

»Ja und nein«, antwortete der Alte. »Es ist eine Darstellung der himmlischen Paradiese. Sieh dir den höchsten Punkt der Wand an.«

Kamose erkannte den Sonnengott in seiner Barke.

»Das göttliche Licht badet das gesamte Universum, Kamose. Die Ewigkeit ist voller herrlicher Felder, auf denen die Gerechten weiter arbeiten, um jene zu ernähren, die auf der Erde geblieben sind und nach Weisheit streben.«

Kamose war zutiefst verstört. Er blieb davon überzeugt, dass wirklich seine Eltern auf der Wand dieser Ruhestätte der Ewigkeit dargestellt seien.

»Meditiere an diesem Ort«, empfahl der Alte. »Du kennst genügend Hieroglyphen, um die Texte zu entziffern, die die Szenen erklären. Wisse, dass der Skarabäus das Symbol der Verwandlung, der Phönix das der Wiedergeburt, die Schwalbe das der Wiederauferstehung ist. Wenn du dich bereit fühlst, so steig wieder ans Tageslicht empor.«

Kamose blieb den ganzen Tag im Grab. Er entzifferte alle Texte und prägte sich die Szenen ein. Er hatte das Gefühl, sich im Inneren eines Papyrus zu befinden und selbst zu einer von einem Schreiber gezeichneten Hieroglyphe zu werden.

Als er ans Licht zurückkam, hüllte der Sonnenuntergang das thebanische Westgebirge in ockerfarbenes Licht.

Der Alte saß wie unerschütterlich auf einem Erdhügel und betrachtete den Sonnenuntergang.

»Da bin ich, Meister. Was habt Ihr noch für eine Überraschung für mich?«

»Wir kehren in den Tempel zurück, Kamose. Du musst jetzt schlafen.«

»Ich habe keine Lust.«

»Und doch musst du es. Morgen findet die Hauptprüfung statt.«

21

Es waren insgesamt fünfzig Kandidaten, die aus allen Provinzen Ägyptens kamen. Sie bildeten die künftige geistige Elite des Landes. Wer die Prüfung der Schule von Karnak bestand, erhielt Zugang zu den höchsten Verwaltungsaufgaben. Die meisten unter ihnen würden jedoch beim ersten Versuch scheitern.

Mit Ausnahme von Kamose waren alle von begüterten Eltern, Adligen oder Provinzfürsten empfohlen worden. Manche dachten, auf diese Weise einen Vorteil zu haben.

Sie täuschten sich.

Unter den Prüfern waren ebenso viele Kinder von Adligen wie aus einfachen Familien. Die soziale Herkunft der Kandidaten hatte keine große Bedeutung. Was in den Augen der Prüfer zählte, waren die Kenntnisse der Kandidaten und ihre Fähigkeit, in Zusammenhängen zu denken.

Die Prüfungen würden eine ganze Woche dauern. Sie würden die Beherrschung der Hieroglyphensprache zum Inhalt haben, die verschiedenen Formen der Schrift, Geometrie und Astronomie. Und die Kandidaten würden unterschiedliche Formen von Texten – religiöse, wissenschaftliche und Verwaltungstexte – abfassen müssen.

Danach würde ein Gespräch mit Schreibern stattfinden, die zu Fachleuten in den verschiedenen Disziplinen geworden waren.

Während der gesamten Dauer der schriftlichen Prüfungen schwieg Kamose. Er sprach mit niemandem, hielt sich abseits des Getuschels, hörte auf keinen Rat und schenkte nicht der geringsten Indiskretion Gehör. Er blieb in sich verschlossen und versuchte, ununterbrochen konzentriert zu bleiben. Selbst im Schlaf hielt er seinen Geist weiter wach.

Die Themen schienen ihm äußerst schwierig. Nur die Geometrie stellte wegen seiner bei den Handwerkern erworbenen Erfahrung kein unüberwindliches Problem für ihn dar. Bei allem anderen stellte er fest, wie kurz seine Ausbildung trotz aller Intensität gewesen war.

Wieder einmal war Kamose also gezwungen, sich auf seine Intuition zu verlassen, um sein fehlendes Wissen auszugleichen. Er war sich bewusst, dass er sich ins Unbekannte stürzte und unweigerlich schwere Fehler begehen würde.

Während der mündlichen Prüfungen hätten seine Nerven mehrere Male beinahe nicht standgehalten. Die Prüfer waren kleinlich und mürrisch. Kamose fand die Geisteshaltung mancher unter ihnen erbärmlich. Sie versuchten nicht, den Kandidaten zu verstehen, seine tieferen Eigenschaften zu beurteilen, sondern nur, ihn in Schwierigkeiten zu bringen.

Erschöpft kehrte er in das Büro des Alten zurück, der noch immer damit beschäftigt war, in Spalten Hieroglyphen zu schreiben.

Der Meister tat, als bemerke er Kamoses Anwesenheit nicht.

Kamose schätzte das Ausruhen und die Stille. Er dämmerte eine ganze Weile vor sich hin, bevor er zu sprechen anfing.

»Ich glaube, ich bin durchgefallen«, sagte er schließlich.

»Dann wirst du von neuem beginnen«, erwiderte der Alte. »Willst du dich an die Themen erinnern, oder schläfst du lieber ein paar Stunden?«

»Ich würde ebenso gern gleich Bilanz ziehen. Eure Meinung wird meine Illusionen zerstören.«

Kamose nutzte sein außergewöhnliches Gedächtnis und durchlebte die Prüfung noch einmal in Begleitung seines Lehrers. Er nannte ihm die Antworten, die er gegeben hatte.

»Das ist nicht gerade gut«, urteilte der Alte. »Zu viele dumme Fehler und zu viele Lücken. Wenn du nicht vor der Jury brilliert hast, fürchte ich, dass es schlecht ausgeht.«

Kamose blickte wie ein geprügelter Hund.

»Ich fürchte, das Mündliche war noch weniger gut als das Schriftliche.«

»In diesem Fall wirst du dich ohne Verzug an die Arbeit

machen. Ich gewähre dir ein paar Tage Ruhe für das schöne Talfest. Dann werde ich darüber wachen, dass du deine Kenntnisse verbesserst. Ich war nicht streng genug mit dir.«

Über eine Woche würde die Bevölkerung nun feiern. Jeder freute sich über die lange erwartete freie Zeit, denn das schöne Talfest gehörte zu den beliebtesten Festlichkeiten.

Das Fest begann mit dem Heraustragen der heiligen Barke des Gottes Amun aus seinem Heiligtum in Karnak. Ramses der Große leitete das Ritual. Wie gebannt schaute ihm die Menge zu.

In heiterer Atmosphäre erfolgte die Nilüberquerung. Dann wandte sich der königliche Zug in Richtung des Tempels von Deir el-Bahari, in dem der Pharao sich für die Dauer des Festes aufhalten würde. Nach dem öffentlichen und fröhlichen Teil des schönen Talfests folgte nun der Teil des Rituals, der von den Priester und Priesterinnen hinter den Tempelmauern vollzogen wurde, verborgen vor den Augen der Menschenmassen. Die Dienerinnen der Göttin Hathor waren besonders glücklich, Ramses dem Großen Gastfreundschaft gewähren zu dürfen.

Am letzten Tag des Festes legte der Pharao einen weiß-goldenen Schurz an. Er schmückte sich mit einer prachtvollen Krone, die die Hörner der Kuh, das Symbol der Göttin Hathor, aufgerichtete Kobras, die ihn vor seinen Feinden schützen sollten, und die aufgehende Sonne, die den Sieg des Lichts über die Dunkelheit bezeugte, vereinte.

Der Pharao wurde von zwei Dienern begleitet, die einen Fächer und einen Sonnenschirm trugen. Im Zentrum des Zuges, der hinter ihm schritt, erinnerte eine auf einer Sänfte getragene Statue an die Vorfahren, die der Pharao nun ehren würde.

Ramses der Große besuchte alle Tempel der Millionen Jahre des Westufers. Er verweilte an dem Ort, an dem sich den Annalen nach der Urhügel befand, der im Augenblick der Erschaffung der Welt aus den Wassern aufgetaucht war.

Als die Nacht hereingebrochen war, fand die Prozession der Hathor-Priesterinnen statt. Hinter der obersten Priesterin lief Nofret, die die heilige Flamme trug, an der die Teilnehmer des nächtlichen Festes ihre Fackeln entzünden würden.

Die Prozession begab sich in das Gebiet der Gräber, dorthin, wo Könige und Königinnen, Adlige und auch einfache Leute für alle Ewigkeit ruhten. Die Schönheit der sternenklaren Nacht konnte Nofrets Angst nicht vertreiben. Ihr Vater hatte sie mehrfach nach ihren neuen Vorsätzen gefragt. Nofret hatte ihr demütiges Verhalten beibehalten und nur von ihren religiösen Bestrebungen gesprochen.

Der Versuch, den sie und Kamose wagen wollten, war riskant. Begingen sie nicht eine Majestätsbeleidigung, wenn es ihnen nicht gelänge, den Pharao von der Richtigkeit ihrer Sache zu überzeugen? Nofret hatte Angst, schaffte es aber, die Selbstbeherrschung zu bewahren. Alle bewunderten ihr gewandtes Auftreten und ihre Haltung.

Am Eingang zu dem wüstenartigen Tal, in dem die Adligen ruhten, warteten die Angehörigen ihrer Familien mit

Lampen in der Hand auf das Vorbeiziehen der Prozession. Unter dem aufmerksamen Blick des Pharao entzündete Nofret die Lampen, die ins Innere der Gräber gestellt wurden. Das Festmahl mit den Seelen der Verstorbenen konnte nun beginnen.

Einen solchen Halt machte die Prozession vor jedem der wichtigsten Viertel der riesigen Totenstadt. Dann begab sich der Pharao, nur noch begleitet von der Lichtträgerin, zum Tal der Könige, wo die Leichname seiner ruhmreichen Vorgänger residierten. Nachdem sie den Aufseher passiert hatten, der den Zugang zu dem heiligen Ort überwachte, der ganz der Stille und Einsamkeit vorbehalten war, erreichten Ramses der Große und Nofret das Grab des Vaters des Königs, des erlauchten Sethi I., das größte des ganzen Tals.

Der Pharao ergriff eine Lampe, die an der obersten Stufe des steil hinabführenden Gangs niedergelegt worden war. Er entzündete sie an dem Docht, den Nofret ihm hinhielt, und verharrte in Andacht. Ramses empfand grenzenlose Bewunderung für seinen Vater, der ihn sehr jung an der Herrschaft hatte teilhaben lassen und ihm alles über die Kunst des Regierens beigebracht hatte.

»Eure Majestät ... Ich würde gerne mit Euch sprechen.«

Irritiert wandte sich Ramses um.

Es war tatsächlich die Lichtträgerin, die zu ihm sprach, und nicht die Göttin des Westens.

»Mir scheint, dass diese Einmischung nicht zum Ritual gehört.«

Die Priesterin kniete nieder.

»Ich bin Nofret, die Tochter von Richter Rensi. Ich brauche Eure Hilfe in einer ernsten Angelegenheit.«

»Jetzt ist weder der Tag noch die Stunde dafür«, urteilte der König. »Diese Angelegenheit muss wirklich ernst sein, wenn sie die Zuständigkeit deines Vaters überschreitet.«

»Ich flehe Euch an, mich anzuhören, Majestät.«

Der große Ramses betrachtete die junge Frau.

»Du bist sehr schön, Nofret, und du verstehst es, mich anzurühren. Betreten wir das Grab. Wenn wir zu lange an der Schwelle stehen bleiben, werden die Wachen glauben, es geschehe etwas Ungewöhnliches.«

Nofret war geblendet von der Herrlichkeit der Malereien, die die Wände des Grabes von Sethi I. verzierten. Der Vater von Ramses kam in den Genuss von Überlebensritualen, die es ermöglichten, im Jenseits Mund und Augen zu öffnen. Außerdem wurden die Stationen der Wiederauferstehung der Sonne beschrieben, die mit der königlichen Seele gleich war. Eine herrliche Decke über dem Sarkophag zeigte das Bild der Himmelsgöttin, die in ihrem Körper die Unermesslichkeit der Sterne und Planeten trug.

»Diese Ruhestätte der Ewigkeit ist die schönste von ganz Ägypten«, sagte Ramses. »Sie ist das Meisterwerk genialer Handwerker, deren Schaffen ganz der Größe meines Vaters ebenbürtig ist. Diese Nacht gebe ich ihm das Licht zurück, das er mir geschenkt hat, Nofret. Hier sind wir im Jenseits, weit entfernt von den menschlichen Angelegenheiten. Wenn du mir die Sache, die dir so am Herzen liegt, darlegen willst, so begib dich übermorgen in den Palast. Dort versammle ich meinen Rat. Du wirst nach dem königlichen Protokollschreiber fragen und ihm diesen Skarabäus überreichen.«

Nofret empfing den kostbaren Passierschein.

»Verlass jetzt das Grab«, befahl der König. »Ich muss mit den Göttern allein sein.«

Kamose erwartete Nofret in der Umgebung des Gartens von Deir el-Bahari. In allen Gräbern des Westufers traten die Lebenden jetzt unter dem Schutz der lächelnden Göttin des Jenseits in Kontakt mit den Toten. Die Festmahle dauerten die ganze Nacht und wurden von Gesängen und Tänzen begleitet. Jeder wusste, dass die Grenze zwischen irdischem Leben und der Ewigkeit sehr schmal war. In dieser Zeit des Feierns musste man die Augenblicke des Glücks auskosten, die die Götter großzügig gewährten.

Nofret hatte die kostbare Flamme der Priesterin zurückgegeben, die sie wieder in das Heiligtum der Göttin Hathor gestellt hatte. Danach war Nofret die zentrale Rampe zum Garten hinuntergegangen.

»Nofret!«, rief Kamose. »Hast du ihn sprechen können?«

»Ja, aber ...«

»Er hat dich nicht angehört.«

»Doch. Der Pharao hat eingewilligt, uns eine Audienz zu gewähren.«

Die Augen des jungen Mannes begannen hoffnungsvoll zu leuchten.

»Wann?«

»Übermorgen.«

»Wo?«

»Im Palast.«

»Das ist herrlich, Nofret!«

Er nahm sie in die Arme und drückte sie an sich.

»Du hast das Unmögliche geschafft! Wir können mit dem König sprechen und ihn überzeugen.«

»Wir werden nicht allein sein«, wandte die junge Frau betrübt ein.

»Nicht allein? Was willst du damit sagen?«

»Es handelt sich nicht um eine Privataudienz, Kamose. Der große Rat empfängt uns.«

»Der große Rat! Gegen den können wir uns nicht wehren!«

»Wir müssen uns auch nicht wehren, Kamose, sondern ihm begreiflich machen, dass hier eine Ungerechtigkeit begangen wurde.«

»Und wenn er uns nicht glaubt? Weißt du, was uns erwartet?«

»Ich habe keinerlei Furcht. Er wird uns glauben, da wir die Wahrheit sagen.«

22

Als der Pharao den Ratssaal betrat, standen alle Ratsmitglieder auf und grüßten den Herrscher über Ägypten. Nur der Alte war wegen seines hohen Alters in der Haltung der Schreiber rechts neben dem Thron sitzen geblieben.

Die neun Ratgeber des Königs waren seit langer Zeit seine Freunde. Sie vereinten die unterschiedlichsten Sachkenntnisse. Ramses traf keine wichtige Entscheidung, ohne sie um Rat zu fragen, auch wenn er sich bisweilen über sie hinwegsetzte und allein die letzte Verantwortung übernahm.

Nachdem der große Rat die Allmächtigkeit des einzigen Gottes zelebriert hatte, der sich den Menschen in vielfältigen Formen offenbart, machte er sich an die Arbeit. Im Mittelpunkt seiner Zusammenkunft stand die Verschönerung des Tempels von Karnak und die Fertigstellung des gewaltigsten Säulensaals, der je in Ägypten gebaut worden war.

Der Protokollschreiber brachte dem König einen Skarabäus.

Ramses erkannte ihn sofort.

»Ich habe dem großen Rat einen außergewöhnlichen Fall vorzubringen«, sagte der König.

Auf Befehl des Pharao führte der Protokollschreiber Nofret in den Saal des großen Rats. Aber die junge Frau war nicht allein. Sie wurde begleitet von dem Schreiberlehrling Kamose.

Sie verneigten sich vor dem König.

Verblüfft und glücklich entdeckte Kamose den Alten. Dessen Anwesenheit unter den Mitgliedern des großen Rats beruhigte ihn. Aber der Alte äußerte ihm gegenüber nicht das geringste Zeichen von Sympathie.

»Wer ist dieser junge Mann?«, fragte der König.

»Kamose, Sohn von Geru und Nedjemet, Eure Majestät«, antwortete Nofret. »Seine Eltern wurden schwer in ihren Rechten beeinträchtigt. Ihr Fall ist berechtigt. Davon lege ich als Hathor-Priesterin Zeugnis ab.«

»Du kennst die große Bedeutung des Zeugnisablegens«, sagte der König.

Nofret neigte den Kopf.

»Sprich, Kamose«, befahl der Pharao.

»Eure Majestät«, stammelte der junge Mann, »ich weiß nicht, wie ...«

»Wenn dein Fall berechtigt ist«, unterbrach ihn der König, »so kannst du dich sicher klar ausdrücken.«

Anstatt Kamose zu entmutigen, verlieh ihm diese harsche Bemerkung einen entscheidenden Impuls. Er hatte nichts mehr zu verlieren.

»Vor über drei Jahren ist ein Soldat namens Setek in unser Dorf gekommen. Er hat meine Eltern ihres Hauses und ihres Landes beraubt. Jeder betrachtet ihn als Helden, der sich alles erlauben darf. Für mich ist er ein Dieb.«

Nofret hatte gehofft, Kamose wäre gemäßigter in seinen Äußerungen. Aber das Unglück war bereits geschehen.

»Ich kenne diesen Setek gut«, sagte der König. »Er ist einer meiner Veteranen. In Asien hat er an meiner Seite gegen die Hethiter gekämpft. Er ist ein wahrer Held. Du erhebst schwere Anschuldigungen gegen ihn. Ich habe ihn tatsächlich dem Katasteramt empfohlen, damit dieses ihm Grund und Boden zuweist.«

»Mein Vater, Richter Rensi, hat das Katasteramt konsultiert«, gestand Nofret, die sich immer größere Sorgen machte.

»Hat es womöglich einen Fehler begangen?«

»Nein, Eure Majestät.«

Im Saal erhob sich Murmeln.

Zwei Mitglieder des großen Rates erbaten vom König das Wort.

»Den Fall gibt es gar nicht«, erklärte der erste. »Ich halte das Vorgehen dieser jungen Leute für grotesk. Ich habe den Eindruck, dass sie den Pharao nur von nahem sehen wollten.«

»Diese Unverschämtheit muss bestraft werden«, befand

der zweite. »Die junge Priesterin soll als Einsiedlerin in eine ferne Provinz entsandt werden! Und der junge Schreiber soll in den Süden zu Frondiensten geschickt werden!«

Kamose erbleichte. Er war gescheitert. Endgültig gescheitert.

»Ihr habt kein Recht, so zu sprechen!«, rief er wütend aus. »Alles, was Ihr sagt, ist falsch. Meine Eltern sind reine, rechtschaffene Menschen. Ihr ganzes Leben lang haben sie ihr Land bestellt. Der Pharao hatte versprochen, es ihnen zu schenken. Und der Pharao hat sein Wort gebrochen, indem er es wieder an sich nahm und es einem Barbaren schenkte, der meine Eltern wie Sklaven behandelt. So sieht die Wahrheit aus! Eine Wahrheit, die Euch Schande machen sollte. Bestraft mich, wenn Ihr wollt. Eure ungerechten Taten werdet Ihr damit nicht auslöschen.«

Nofret schloss die Augen.

Diesmal hatte er den Pharao direkt angegriffen und sich selbst zum Tode verurteilt.

Die Mitglieder des großen Rates waren verstummt. Noch nie hatten sie derartige Beleidigungen gegen den Herrscher vernommen. Die Entscheidung, die dieser nun treffen musste, konnten sie nur gutheißen.

Nur der Alte schien dem sich vor seinen Augen abspielenden Drama gegenüber gleichgültig.

Der König sah Kamose lange an, und dieser sah ihm gerade in die Augen. Da er so weit gegangen war, würde es ihm nun auch nichts mehr nützen, den Untertänigen zu spielen.

Er fühlte sich erleichtert. Er hatte demjenigen die Wahrheit sagen können, der sie auf Erden vertrat, dem König von Ägypten persönlich.

»Seltsam«, sagte Ramses. »Wie lange bestellen deine Eltern das Land, das Setek zugeteilt wurde?«

»Sie sind darauf geboren, Eure Majestät. Zunächst waren sie die Angestellten eines alten Mannes. Bei seinem Tod gewährte er ihnen das Recht, im Dorf weiterzuarbeiten und sein Feld zu bestellen. Meine Eltern haben das Haus gebaut, in dem ich aufgewachsen bin. Sie haben so viel gearbeitet, dass der Bürgermeister mit Einverständnis des Pharao eingewilligt hat, dass sie dessen Besitzer werden.«

»Haben sie irgendwann einen schweren Fehler begangen?«, fragte der Pharao.

»Nein«, antwortete Kamose überzeugt. »Sie werden vom ganzen Dorf geschätzt.«

»Was ist passiert, als Setek bei dir zu Hause angekommen ist?«

»Er hat meinen Vater geschlagen, Eure Majestät. Wäre meine Mutter nicht dazwischengegangen, so hätte ich mich mit ihm geprügelt.«

»Was hat er euch gesagt?«

»Dass unser Haus und unser Land ihm gehören würden. Er hat meine Eltern verjagt. Der Bürgermeister hat sie angestellt, dann hat Setek sie als Diener angefordert und hat sie bekommen. Jetzt ist meine Mutter krank. Wenn sie stirbt, so wird das an diesem verdammten Helden liegen!«

Ein Angehöriger des Rates erbat sich beim Pharao empört das Wort.

»Der Junge hat nicht das Recht, den Ruhm eines unserer Veteranen zu schmälern. Ohne sie wäre Ägypten längst von den Barbaren besetzt worden. Dieser kleine Aufrührer schuldet Setek Gehorsam!«

Kamose sah ihn wütend an.

»Niemals! Lieber sterben!«

Nofret nahm Kamose am Arm. Das erzürnte Gesicht des Pharao zeigte deutlich, dass sie mit ihrem wahnwitzigen Vorhaben gescheitert waren.

»Beschreibe mir die Ankunft von Setek noch einmal genauer«, forderte der große Ramses.

Kamose beruhigte sich. Er rief sich jene schmerzvollen Augenblicke in Erinnerung.

»Dieser erbärmliche Held verhielt sich wie ein Barbar«, erzählte er. »Er trug einen Harnisch und hatte ein Bronzeschwert.«

»Wie groß?«

»Ein großer Mann, mit breiten Schultern ...«

»Das reicht«, erklärte der Pharao mit fester Stimme.

Ramses der Große schien plötzlich sehr irritiert.

Seine Ratgeber hielten es für klüger, nicht um das Wort zu bitten. Geduldig warteten sie ab, bis der König mit seinen Überlegungen fertig war.

»Dieser Mann ist nicht Setek«, erklärte Ramses der Große.

23

»Wir haben Seite an Seite gekämpft«, erzählte der Pharao. »Setek ist eher klein und sehr schmal. Er aß nicht viel und konnte bemerkenswert gut der Kälte widerstehen. Wir haben uns oft über sein zierliches Äußeres lustig gemacht. Auf den Straßen Asiens hat er unglaubliche Zähigkeit bewiesen. Als er die Armee verließ, war er über sechzig.«

Die Ratgeber sahen sich ungläubig an. Die Augen von Nofret und Kamose begannen vor Freude zu leuchten. Auch der Alte schien sich endlich für die Diskussion zu interessieren.

»Was bedeutet das?«, fragte einer der Ratgeber. »Ist womöglich das Kataster getäuscht worden?«

»Die Akte ist wirklich auf den Namen Setek angelegt worden. Wer hat sie dort hinterlegt?«, fragte ein anderer.

»All das muss geklärt werden«, forderte der Pharao. »Du

wirst zusammen mit einem meiner höheren Offiziere, der Setek gut gekannt hat, ins Dorf gehen, Kamose. Ihr werdet den Mann befragen, der vorgibt, Seteks Namen zu tragen.«

Kamose verneigte sich. Ihm schwirrte der Kopf. Er war kaum in der Lage, nachzudenken.

»Ich beauftrage Richter Rensi damit, sich ins Katasteramt zu begeben und eine ausführliche Verwaltungsuntersuchung durchzuführen«, fuhr der König fort. »Meine Befehle sollen unverzüglich ausgeführt werden!«

Ramses der Große erhob sich und bedeutete damit, dass die Ratssitzung beendet war. Der Pharao wandte sich an Kamose.

»Du bist ein unvorsichtiger Junge«, sagte er. »Dein Verhalten hätte eine strenge Strafe verdient. Aber du trägst die Wahrheit in deinem Inneren. Du warst von ihr überzeugt, ohne einen Beweis dafür zu haben. Ich werde deinem Lehrer gratulieren. Er hat dich gut erzogen. Er hat es verstanden, in dir die Klugheit des Herzens zu erwecken.«

Die Lippen des Alten, der sich auf seinen Stock stützte, deuteten gegen seinen Willen ein leichtes Lächeln an.

Der höhere Offizier, Kamose und Nofret nahmen unverzüglich ein Armeeboot, das so schnell, wie der Wind es erlaubte, von der Hauptstadt zum Dorf fuhr.

Als sie landeten, stand die Sonne noch hoch am Himmel. Die Bauern arbeiteten auf den Feldern. Die Gassen waren verlassen.

Nofret hatte Kamose nicht allein lassen wollen. Die Ereignisse hätten sie beruhigen müssen, aber in ihrem Inneren verspürte sie noch immer eine dumpfe Sorge, als ob der Schatten des Unglücks noch nicht ganz vertrieben wäre.

Mit großer Ergriffenheit sah Kamose das Haus seiner Eltern wieder. Ein gebeugter Mann fegte die Schwelle.

»Vater!«, rief Kamose und lief zu ihm.

Geru ließ den Besen fallen. Er umarmte seinen Sohn.

»Kamose! Bist du nicht mehr im Tempel …?«

»Hab keine Sorge. Ich komme, um euch euren Besitz zurückzugeben. Wie geht es Mama?«

»Sie ist noch immer bettlägerig … Wer ist der Soldat, der dich begleitet?«

»Ein höherer Offizier der persönlichen Garde des Pharao.«

Geru verzog erschöpft das Gesicht.

»Was wollen sie uns denn noch aufbürden?«

»Nichts weiter, mein Vater. Wir kommen, um die Wahrheit ans Licht zu bringen. Lass uns eintreten.«

Geru trat zur Seite.

Der höhere Offizier, Kamose und Nofret betraten das Haus.

Der Betrüger lag ausgestreckt auf einer Matte, aß Weintrauben und trank kühlen Wein. Er hob den Kopf.

»Besuch …«

Plötzlich erkannte er Kamose.

»Aber das ist doch der Sohn meiner Diener! Wünschst du, in meinen Dienst einzutreten, Kleiner? Umso besser. An kräftigen Armen mangelt es immer. Umso mehr, als deine Mutter nicht mehr sehr nützlich ist …«

»Wer seid Ihr?«, fragte der Offizier.

»Ich? Ich bin Setek, Veteran der Armee von Ramses dem Großen und ehrenhafter Soldat.«

Der Offizier legte die Hand an sein Schwert.

»Du bist nur ein Lügner. Setek hat unter meinem Befehl gedient. Wer bist du?«

Mit katzenartiger Geschwindigkeit rannte der falsche Held zur Haustür. Aber sein Fluchtversuch schlug fehl. Kamose stellte ihm ein Bein. Der Mann fiel mit dem Gesicht zu Boden.

Sofort setzte der höhere Offizier dem Usurpator den rechten Fuß auf den Nacken.

»Sprich jetzt«, befahl er, »oder ich zertrümmere dir den Schädel. Wer bist du?«

»Seteks Diener«, gestand er. »Als Setek die Armee verlassen hat, um sich hier in der Gegend niederzulassen, brauchte er jemanden für die alltäglichen Arbeiten ... Der Pharao hatte ihm ein kleines Stück Land westlich des Dorfes zugeteilt ... Aber ich kannte den Bürgermeister ... Da gab es wirklich Besseres. Wir haben uns Setek vom Hals geschafft. Der Bürgermeister hat den Erlass der Verwaltung verändert ... Es ist ihm gelungen, das Katasteramt zu täuschen, und er hat mir das schönste Land und das schönste Haus gegeben. Ich bin für nichts verantwortlich. Er hat alles organisiert und alles entschieden.«

»Du Lump! Was musstest du dafür tun?«

»Nichts, ich schwöre es Euch ...«

Der Fuß des Offiziers auf seinem Nacken wurde schwerer.

»Hört auf, ich rede ja schon! Wir mussten eine Sondersteuer auf die Ernten eintreiben ... Ich hatte den Auftrag, die widerspenstigen Bauern zur Ordnung zu rufen.«

»Wer hat Setek umgebracht?«

»Ich hatte keine andere Wahl ... Der Bürgermeister hat mich bedroht.«

»Das Gericht wird Wahrheit und Lüge trennen. Steh auf, Elendiger!«

Der falsche Setek schien besiegt und unfähig, sich zu bewegen. Es war ihm gelungen, den Militär einzulullen.

Plötzlich versetzte er dem Offizier einen Faustschlag ins Gesicht, packte dessen Schwert und bedrohte Kamose.

»Du trägst für alles die Verantwortung«, fauchte er mit hassverzerrtem Gesicht. »Hättest du nicht eingegriffen, wäre ich ein reicher Mann gewesen! Ich fliehe, aber zuvor werde ich dich töten!«

Kamose stand gegen eine Wand gedrängt und hatte keine Möglichkeit, dem Angriff des Verbrechers auszuweichen.

Nofret stellte sich zwischen die beiden Männer.

»Geh mir aus dem Weg!«, befahl der falsche Setek. »Ihn will ich töten.«

Nofret sah dem Mörder starr in die Augen.

»Bei Sekhmet, der Schrecklichen«, sagte sie mit machtvoller Stimme und betonte deutlich jedes einzelne Wort der Beschwörungsformel, »bei der Göttin, die die Erde mit ihrem Feuer verbrennt und die Gottlosen vernichtet: Möge dieses Schwert zur Schlange werden!«

Der falsche Setek begann höhnisch zu lachen. Wenn das

Mädchen glaubte, ihn mit Zauberei an seiner Tat zu hindern! Doch plötzlich fühlte er eine seltsame Kälte in der rechten Hand, mit der er das Schwert hielt. Das Schwert hatte sich in eine Kobra verwandelt. Der Mann war überzeugt, eine Halluzination zu haben, und wollte es nicht loslassen. Die Schlange schoss auf ihn zu, griff an und schlug ihm ihre Zähne in die Brust. Tödlich verletzt brach der Usurpator zusammen.

Der Offizier erhob sich. Der Faustschlag hatte ihn betäubt, und so hatte er die Szene nicht miterlebt. Vor Kamose und Nofret, die sich umschlungen hielten, lag die Leiche des falschen Setek, der sich mit seinem Schwert selbst die Brust durchbohrt hatte.

24

Der Bürgermeister des Dorfes war verhaftet und ins Gefängnis gebracht worden. In Anbetracht der Schwere der begangenen Taten würde er in Theben vor Gericht kommen. Richter Rensi würde als Ankläger im Namen des Pharao die höchste Strafe fordern.

Zum Nachfolger des Bürgermeisters war Geru bestimmt worden. Geru hatte neue Kraft geschöpft und hörte nicht auf, Lobeshymnen auf seinen Sohn Kamose zu singen, der in Gesellschaft von Nofret an der Seite seiner Mutter geblieben war. Er wollte sie bis zu ihrer vollständigen Genesung nicht verlassen. Nedjemet war überglücklich und brauchte nicht lange, um wieder gesund zu werden. Die Sonne erhob sich erneut über glücklichen Tagen.

Nofret hatte die einfachen Freuden des Landlebens entdeckt. Sie hatte die Kleidung einer Adligentochter abgelegt und trug nun den Schurz der Bäuerinnen. Kamose hatte ihr das Land gezeigt und sie Felder, Mittagsschläfe im Schatten der Akazien, Spaziergänge am Nil und die Jagd im Schilfrohr entdecken lassen. Jeder Tag erschien ihnen zu kurz.

Der alte Hund des Hauses hatte Zuneigung zu Nofret gefasst. Sobald er sie sah, wedelte er mit dem Schwanz und kam angerannt, um ihr die Beine zu lecken.

Weder Kamose noch Nofret wagten es, das Thema anzusprechen, das sie doch so sehr beschäftigte. Sie zogen es vor, die Gegenwart zu genießen und nicht über die Zukunft zu reden.

Als Richter Rensi und sein Gefolge ins Dorf kamen, war Nofret nicht sonderlich überrascht. Sie wusste, dass ihr Vater gezwungen war, sich mit dem Fall zu befassen.

Bürgermeister Geru und seine Gattin Nedjemet bereiteten der mächtigen Persönlichkeit inmitten eines Palmenhains am Rande der Felder ein überaus schönes Festmahl. Junge Bäuerinnen legten dem Richter Blumensträuße zu Füßen.

Als die Festlichkeiten beendet waren, blieb Rensi allein mit seiner Tochter.

Nofret wartete, dass ihr Vater das Wort ergriff.

»Dieser Ort ist entzückend«, sagte er.

»Es ist der schönste, den ich kenne.«

»Hast du vergessen, dass du Hathor-Priesterin bist, Nofret?«

»Nicht weit von hier gibt es einen kleinen Tempel. Dort werde ich mich hinbegeben, um meine rituellen Dienste zu absolvieren. Dann komme ich wieder hierher zurück, um mit Kamose zu leben.«

»Du weißt genau, dass das unmöglich ist, Nofret. Ich habe mich in diesem jungen Mann getäuscht, das gebe ich zu. Er ist ehrenwert und begeistert. Aber seine Qualitäten werden nicht ausreichen, dich glücklich zu machen. Das Landleben wird dich eine Zeit lang unterhalten. Dann kommt die Langeweile. Und auf sie folgen Auflehnung und Zerwürfnis. Und du wirst deine Entscheidung bitter bereuen.«

»Nein, mein Vater.«

»Doch, meine Tochter. Du weißt, dass ich Recht habe. Dein Schicksal liegt anderswo.«

»Ich liebe Kamose.«

»Daran zweifle ich nicht, Nofret. Aber Leidenschaft ist keine Quelle für Freude. Du musst über den Augenblick hinaussehen. Du gehörst zum geschlossenen Tempel und wünschst dir, auf dem Weg der Erkenntnis voranzuschreiten. Du musst nach Theben zurückkehren und dein wirkliches Schicksal erfüllen. Ich habe gerade lange mit der obersten der Priesterinnen gesprochen. Sie hat dich dazu bestimmt, erneut den Ritus der Braut des Nil zu vollziehen. Wenn du diese Aufgabe ablehnen würdest, würdest du die Türen schließen, die sich dir geöffnet haben.«

Nofret hatte ihrem Vater kein Argument entgegenzusetzen. Er kannte sie gut.

»Ich könnte dich zwingen, mit mir nach Theben zurückzukehren, meine Tochter. Das werde ich nicht tun. Du hast noch ein paar Tage zum Nachdenken. Wenn Kamose dich wirklich liebt, wird er sich einsichtig zeigen. Er wird dich nicht zwingen, ein Leben zu teilen, dass dich verknöchern lassen würde.«

Vom Dorfeingang kamen Freudenschreie. Kinder rannten neben einer Sänfte her, auf der ein Greis saß. Ein Sonnenschirm schützte seinen Kopf vor den Sonnenstrahlen.

Kamose, der von dem Tumult angelockt worden war, wandte sich dem unerwarteten Besucher zu. Als er den Alten erkannte, glaubte er seinen Augen nicht trauen zu können.

»Meister ... Warum so viel Ehre?«

»Genug der hohlen Worte, Kamose. Hilf mir, abzusteigen. Diese Sänfte ist ausgesprochen unbequem. Ich habe das Reisen schon immer gehasst. Und diese Reise wird meine Meinung wahrlich nicht ändern.«

Der Alte stützte sich auf seinen Stock und begab sich zu dem Palmenhain, wo sich Richter Rensi und seine Tochter unterhielten.

Der Richter erwies dem Alten die Ehre.

»Theben begibt sich aufs Land«, urteilte der Alte mürrisch. »Die Welt läuft verkehrt!«

Alle waren verwundert über die Anwesenheit des alten Schreibers. Doch er schien keine Eile zu haben, die Gründe für sein Kommen zu erklären.

»Das Dorf scheint mir schmuck«, bemerkte er. »Es stimmt aber auch, dass der neue Bürgermeister ein verantwortungsvoller Mann ist. Ich würde gerne ein wenig kühles Bier trinken.«

Geru und Nedjemet liefen herbei, um den Alten zu begrüßen, von dem Kamose so viel erzählt hatte. Sie waren beeindruckt von der natürlichen Autorität des Greises, der sich in der ländlichen Umgebung vollkommen wohl zu fühlen schien.

Der Alte trank in kleinen Schlucken. Der alte Hund legte sich zu seinen Füßen nieder.

»Kamose kehrt nach Theben zurück«, verkündete er schließlich.

»Aus welchem Grund?«, fragte Geru besorgt.

»Aus dem einzigen stichhaltigen Grund: wegen seiner Arbeit. Euer Sohn hat sein Schreiberexamen bestanden.«

Kamose schloss Nofret in die Arme. Richter Rensi schien erschüttert.

»Ein bemerkenswertes Ergebnis«, urteilte er.

»Bemerkenswert ist nicht das richtige Wort«, korrigierte ihn der Alte. »Der junge Mann ist noch ein Unwissender. Sagen wir, er ist ein bisschen weniger unwissend als die anderen Kandidaten. Wir haben keinerlei Anlass zur Freude. Es gibt in diesem Lande immer weniger wahre Gelehrte. Wenn man bei der Ausbildung der Schreiber nicht strenger ist, so steuern wir bald dem sicheren Niedergang entgegen.«

Nofret ließ Kamose los und ging zu Richter Rensi.

»Also werde ich mit Kamose nach Theben zurückkehren, mein Vater. Können wir bald unsere Hochzeit feiern?«

»Er ist nur ein einfacher Schreiber ... Ich hatte mir etwas Besseres für dich erträumt, meine Tochter.«

»Ach«, sagte der Alte. »Ich hatte noch eine Kleinigkeit vergessen. Ich habe den Pharao über das Ergebnis der Prüfungen unterrichtet. Trotz meiner Warnungen vor dem jähzornigen Charakter Kamoses legte er Wert darauf, ihn zum königlichen Schreiber zu ernennen. Eine in meinen Augen wahrlich übertriebene Beförderung. Aber wer könnte sich dem Willen des Pharao widersetzen?«

So wurde der Bauer Kamose zu einem zukünftigen hohen Beamten Ägyptens, des von den Göttern geliebten Landes.

Richter Rensi hielt sich nicht länger im Dorf auf. Dringende Geschäfte riefen ihn nach Theben.

Auch Kamose und Nofret machten sich bereit, am frühen Morgen aufzubrechen. Rensi hatte seinem künftigen Schwiegersohn ein altes Haus im Viertel der Adligen geschenkt, das noch renoviert werden musste. Die Hochzeit würde Anlass zu großen Feierlichkeiten geben, die einige Tage Vorbereitung erforderten.

Die beiden jungen Leute warteten auf den Alten. Seine Verspätung machte ihnen Sorgen.

»Vielleicht ist er noch nicht aufgewacht«, vermutete Kamose. »Gehen wir nachsehen.«

Sie fanden den Alten in lebhaftem Gespräch mit Geru.

»Kehrt ohne mich nach Theben zurück«, befahl der Alte. »Ich habe hier noch viel zu lernen. Ich hatte vergessen, wie wichtig das Dorfleben ist. Ich verbringe noch einige Zeit in Gesellschaft des Bürgermeisters. Nutze das aber nicht aus, um die Zeit zu vertrödeln, Kamose! Ein königlicher Schreiber sollte sehr viel mehr arbeiten als die anderen. Deine Heirat wird dich nicht von deinen Verpflichtungen befreien. Damit du das gleich weißt und mich nicht mit unnötigen Entschuldigungen überhäufst. Auf bald!«

Der Alte wandte sich von den beiden jungen Leuten ab. Außer sich vor Glück, rannten Kamose und Nofret lachend zu dem Boot, das sie nach Theben fahren würde.

Der Alte nahm nicht an der Hochzeit seines Schülers teil und auch nicht am Ritual der Braut des Nil, bei dem sich die Priesterin Nofret auszeichnete.

Für diese Feierlichkeiten war er zu alt.

Er zog es vor, am Ufer des heiligen Sees von Karnak zu meditieren und die Bewegungen der Schwalben zu bewundern. Während er sie dabei beobachtete, wie sie im Licht spielten, dachte er an das großartige Schicksal, das Kamose und Nofret erwartete, die nun unter dem Schutz der Götter verheiratet waren.

Lilli Thal

Mimus

448 S., geb.

Nur knapp entgeht Florin, Kronprinz von Monfiel, dem Kerker – aus einer Laune heraus gibt ihn sein Todfeind, der König von Vinland, in die Lehre zu Mimus, seinem Hofnarren. Florin verliert alles, was er hatte und war, ja selbst seine Seele wird ihm abgesprochen. Jeden Tag muss er damit rechnen, auch das Leben zu verlieren. Wie soll er da andere zum Lachen bringen? Ein fesselnd erzählter, ungeheuer vielschichtiger Abenteuerroman, der durch Sprachwitz und Pointenreichtum brilliert.

»Üppig, spannend, einfallsreich ... In Mimus, dem Narren, hat Lilli Thal eine schillernde Romanfigur geschaffen: diabolisch, mit scharfem Intellekt, beißendem Spott und unerschöpflichem Einfallsreichtum.« *FAZ*

Gerstenberg Verlag